탁월한 리더의 설득스피치 노하우

협업과 소통에 필요한
신뢰받는 리더의 설득스킬

탁월한 리더의 설득스피치 노하우

협업과 소통에 필요한
신뢰받는 리더의 설득스킬

초판인쇄	2022년 4월 13일
초판발행	2022년 4월 21일
지은이	정경호
발행인	조현수
펴낸곳	도서출판 더로드
기획	조용재
마케팅	최관호
편집	이승득
디자인	토 닥
주소	경기도 고양시 일산동구 백석2동 1301-2 넥스빌오피스텔 704호
전화	031-925-5366~7
팩스	031-925-5368
이메일	provence70@naver.com
등록번호	제2015-000135호
등록	2015년 6월 18일
ISBN	979-11-6338-249-2 03810

정가 15,000원

협업과 소통에 필요한
신뢰받는 리더의

설득스킬

정경호 지음

도서
출판 **더 로드**
The Road Books

우리 모두는 가정과 사회에서 역할의 차이 혹은 경중(輕重)의 차이는 있겠지만 일정한 책임을 맡고 있다면 리더라고 할 수 있다. 그리고 리더로서 반드시 학습하고 습득해야 할 가장 중요한 역량이 있다면 바로 설득의 기술이라고 할 수 있다.

필자는 본 저서를 통해 리더의 설득에 관하여 3가지의 핵심 메시지를 던지고자 하였다.

첫째! 메시지(Message)보다 메신저(Messenger)다.
둘째! 리더십(Leadership)보다 리더(Leader)다.
셋째! 기술(Skill)보다 태도(Spirit)다.

리더십의 본질은 한 마디로 동기부여라고 할 수 있다. 그리고 조직구성원들의 협업과 소통을 위해 리더로서 가장 큰 책무이자 수행 방법이 바로 설득의 기술이다.

물론 조직의 리더로서 설득의 기술들을 습득하기 이전에 반드시

선행해야 하는 것이 있다면 바로 사람에 대한 이해라고 할 수 있다. 구성원과 더불어 리더 스스로에 대한 깊이 있는 통찰을 통해 깨닫게 되는 정도(正道)의 태도와 자세가 설득에 있어 가장 중요하다고 할 수 있는 것이다.

사실 리더의 설득스킬에 있어 가장 핵심은 메시지가 아니라 바로 메신저다. '리더'라는 메신저의 영향력은 '리더의 삶'을 통해서 자연스럽게 웅변되고 이것이야말로 가장 강력한 설득의 동인이 된다.

본 저서를 통해 조직의 리더로서 탁월한 설득스피치 스킬과 중요한 설득의 메시지들을 구성하는 방법들을 습득하여 다양한 설득의 현장에서 활용하는 것은 매우 유익할 것이다.

하지만 무엇보다 책 속에 기술된 탁월한 설득의 리더들을 롤(Role)모델로 삼아 진정한 리더가 되기 위한 치열한 자기반성과 성찰이 있는 리더십의 좋은 지침서가 되기를 바란다.

진정 납득되어야 설득이 가능하듯 리더 스스로 자기성찰이 되어야 조직과 구성원에 대한 통찰이 가능하고 그러한 통찰이 되어야 조직의 미션과 비전을 제대로 전할 수 있는 탁월한 설득이 가능하기 때문이다.

리더십은 결코 단순한 스킬과 지식만으로 완성될 수 없는 위대한 미션이자 비전이기에 우선 리더로서 온전한 '자기 들여다보기'을 권하고 싶다. 자기를 겸손히 들여다볼 줄 알아야 사람과 세상을 잘 들여다볼 수 있기 때문이다.

무엇보다 리더로서 일상의 삶들을 잘 살아낸다면 매력적인 향기(香氣)로 주변을 물들일 것이다. 세월의 진정(眞正)과 진심(盡心)이 담긴 리더의 향기는 구성원들의 몸과 마음에 자연스럽게 스며들어 신뢰받는 리더로서 탁월한 설득을 가능하게 한다.

'사람을 움직이는 유일한 수단은
내가 먼저 모범을 보이는 것 뿐이다'

- 아인슈타인

차 례

프롤로그 ⋯ 4

PART 1 / **설득! 사람의 마음을 움직이다**

01 깨우침과 변화의 멋진 과정 ⋯ 13

02 견(見)하지 말고 관(觀)하라 ⋯ 18

03 좌뇌의 판단 vs 우뇌의 결단 ⋯ 23

04 인간은 생각보다 멍청하다 ⋯ 27

05 아는 만큼 보고 아는 만큼 움직인다 ⋯ 30

06 인간의 행동을 유발하는 동기의 내용(What)과 과정(How) ⋯ 34

PART 2 / **스피치! 말하듯이 잘 들리게**

01 스피치 유형과 리더의 공감스피치 ⋯ 54

02 목표보다 목적이 이끄는 스피치 ⋯ 58

03 최고의 스피치 비법은 내 안에 있다 ⋯ 61

04 언어의 힘과 프레임(frame) ⋯ 65

05 글 언어 vs 말 언어 ⋯ 69

PART 3 / **탁월한 리더의 설득스피치! 온몸으로 표현하라**

01 말의 내용보다 말의 방식(말투)이 중요하다 ⋯ 75

02 말은 사람을 속일 수 있어도 몸은 절대로 속일 수 없다 ⋯ 79

03 최고의 언어! 바디랭귀지 … 84

04 최고의 설득은 '당신의 삶'이다 … 88

05 침묵도 놀라운 설득스피치가 된다 … 93

06 리더의 주도적인 대화전략 … 96

07 사진과 영상을 통한 설득의 힘 … 105

PART 4 / **질문이 곧 설득이다**

01 질문의 힘 … 111

02 요구보다 욕망! 인간의 욕망을 읽어라 … 116

03 모든 사람은 인정을 원한다 … 119

04 리더의 설득스피치! 질문을 연구하라 … 121

PART 5 / **설득의 정석! 3단계 프로세스(T.A.V)**

01 1단계 _ 신뢰를 형성하라(Trust) … 127

02 2단계 _ 질문과 경청(Ask) … 133

03 3단계 _ 가치에 몰입하라(Value) … 138

PART 6 / **비대면 커뮤니케이션과 설득스피치**

01 비대면 커뮤니케이션의 이해 … 147

02 음성기반 비대면 커뮤니케이션 … 151

03 텍스트 기반 비대면 커뮤니케이션 … 153

PART 7 / **말 안 듣는 구성원에게 잘 통하는 설득심리**

01 손실회피의 심리 ··· 159

02 다수 동조화 심리 ··· 163

03 권위에의 복종심리 ··· 168

04 상호교환의 심리(Give and Take) ··· 172

05 매력 끌림의 심리 ··· 175

06 구동존이(求同存異)의 심리 ··· 179

07 생각보다 강력한 설득전략과 스킬들 ··· 183

PART 8 / **최고의 설득스피치를 위한 3가지 화법과 3S법칙**

01 샌드위치 화법(PREP) ··· 205

02 긍정화법(YES, BUT) ··· 209

03 에피소드 화법(STORY) ··· 213

04 스피치 3S법칙과 핵심 6계명 ··· 219

PART 9 / **위대한 리더들의 설득스피치**

01 리더의 커뮤니케이션 역량과 자가진단 ··· 241

02 마음을 움직이는 위대한 리더들의
설득스피치 핵심 덕목 ··· 244

03 히틀러가 될 것인가? 히어로가 될 것인가? ··· 249

04 예수와 부처를 벤치마킹하라 ··· 254

05 반복만이 신의 경지에 이른다 ··· 257

PART 1

설득!
사람의 마음을
움직이다

01

 깨우침과 변화의 멋진 과정

우연히 독립영화 〈미나리〉를 보게 되었다. 한국인 이민가정의 정착과정을 다룬 영화로 2021년 상반기 큰 화제가 되었는데, 평소 팬으로서 좋아하는 배우 윤여정 씨는 이 영화의 흥행으로 한국인 최초 아카데미 여우조연상을 수상하였다.

사실 영화의 스토리는 특별할 것이 없다. 1970년대 한국의 젊은 남녀가 서로를 구원(?)해 주겠다는 순진한 생각으로 시작한 미국에서의 결혼생활과 이민 이야기일 뿐이다. 그런데 그저 낯선 땅 미국에서의 고단한 삶의 이야기들을 녹여낸 매우 평범한 소재의 독립영화가 왜 많은 이들의 마음을 사로잡을 수 있었을까?

개인적인 생각이지만, 그 이유는 2가지로 정리할 수 있다. 첫째, 영화 스토리의 보편성이다. 둘째, 표현의 진정성이다. 즉, 우리 주변의 매우 일상적인 스토리들을 큰 자극 없이 솔직하고 정직한 감정으로 영화 속에서 풀어낸 것이 관객들에게 깊은 공감을 이끌어 낸 것이다.

리더의 설득스피치도 이와 마찬가지 맥락으로 이해해야 한다고 생각한다. 누구라도 공감할 수 있는 말과 신뢰할 수 있는 정직함이 최고의 비법이라는 것이다.

'설득'(說得)'은 한자어로 말씀 설, 얻을 득이다. 즉, 상대방이 내가 전하는 메시지를 듣고 따르도록 말하는 것으로, 말로 달래어 변화시킴으로써 원하는 것을 얻어내는 것이다. 영어로는 'Persuation'인데, 어원으로 풀어보면 'per'는 '철저하다', 그리고 'suadere'는 '충고하다' 혹은 '강요하다'는 뜻으로 철저하게 자신의 견해를 제시한다는 의미다.

고대 그리스 철학자 플라톤은 '설득은 언어를 통하여 사람들의 마음에 영향을 미치는 기술'이라 하였고, 철학자 베이컨은 '설득이란 다른 사람의 의지를 유발시키기 위하여 감성에다 이성을 결부시키는 수단'이라고 정의하였다.

결국 설득이란 커뮤니케이터가 다양한 채널을 통해 메시지를 전달함으로써 수용자의 지식, 감성, 행동을 변화시키는 행위라고 정의를 내릴 수 있다. 오늘날 이러한 설득의 행위들은 작게는 일상에서, 크게는 정치, 외교, 경제, 군사, 종교 등 사회에서 일어나는 모든 영역에서 중요한 기능을 담당하고 있다.

사실 교과서적인 설득의 개념들을 잘 이해하는 것도 중요하지만, 설득을 통해 얻고자 하는 궁극적인 희열은 상대방이 나를 통해 새로운 가치를 깨닫고, 그것을 향해 한 발짝 나아갈 때 설득하는 자로서 가장 큰 기쁨과 보람이 있다고 할 수 있다.

가령 교회 목사님이 설교를 한다고 하자. 성도들을 향해 열정적으로 신의 존재와 믿음의 중요성을 이야기했을 때, 성도들이 단지 좋은 기분으로 감동받는 선에서만 끝난다면 설득의 목적을 달성했다고 볼 수 없을 것이다. 성도로 하여금 신앙인으로서 적극적인 의식의 변화와 더불어 삶의 현장에서 전도와 나눔 등 실체적 행동으로 나아갈 수 있는 직접적 깨우침이 있어야 한다. 목사님의 설교 내용이 '좋았다' 혹은 '왠지 뭉클하다'는 등 감정의 변화와 내면적 진화(進化)만 있다면 그것을 우리는 설득의 궁극적인 목적을 달성했다고 할 수 없는 것이다. 반드시 내적변화와 외적행동의 실체적이고 구체적인 변화가 이어지는 과정, 그것이 곧 설득의 과정이며 그래서 리더의 설득은 상대방을 깨우치며 변화를 도모하는 멋진 과정이라고 할 수 있다.

지금까지 우리나라에는 역사적으로 많은 위대한 설득의 리더들이 존재했었다. 그러한 인물 중 가장 탁월한 한 분이 바로 안중근 의사라고 생각한다. 안중근 의사께서 이등박문을 저격한 후 실제

재판장에서 부르짖은 법정연설을 보면, 전혀 막힘이 없고 논리가 매우 정연하여 일제의 법조인들조차 탄복하며 경청하였다고 한다.

"나는 한국의 독립을 회복하고 동양평화를 유지하기 위해서는 제일 먼저 민족의 큰 적이며 만고의 역적인 이등박문을 없애야 한다고 확신했다. (중략)… 이번의 의거는 한국의 군 참모 중장의 자격으로 하얼빈에서 적장 이등박문을 쳐서 그 흰머리를 아군에 바치려고 한 것이었지, 결코 개인의 자격으로 취한 행동이 아니었다. 한국의 군 참모중장이 적과 싸우다가 불행히 포로가 되었는데, 여기서 나를 형사 피고인으로 다루는 것은 말도 안되는 부당한 처사다. 마땅히 만국공법에 의해서 처리하도록 하라."

실제 재판정에서의 기록들에 의하면, 안중근 의사가 법정에서 연설을 하는 동안 일본의 판사와 검사 그리고 변호사 등은 그의 연설을 숨을 죽이고 경청했다고 한다. 그들은 안중근 의사를 사격의 명수이며, 그저 단순한 수구적 애국자라고만 생각했었다. 그러나 그의 탁월한 설득스피치, 즉 정치, 경제, 역사 및 시국관에 대한 논리 정연하고 깊은 식견은 그들로 하여금 마음에서 존경심이 일게 했다. 감정적이지 않고 그렇다고 너무 이성적이지도 않은 매우 타당한 근거와 사례 그리고 인품과 절개가 느껴지는 용어들로 인해 사람들의 마음을 움직인 것이다. 명확한 사실과 역사인식에 근거한 훌륭한 연설이라고 평가할 수 있다.

리더의 설득은 단순한 정보전달이 아닌 신념과 확신으로 상대방을 깨우치고 변화시키는 매우 중요한 과정이라고 할 수 있다. 따라서 누군가를 설득하기 이전에 리더 스스로 치열한 사색과 납득의 과정이 필요하다. 그래야만 사람의 마음을 움직일 수 있는 설득이 가능해진다. Skill(기술)보다 Spirit(태도)이 중요한 것이다.

> '리더십은 리더 자신의 도덕성과 정의, 책임감 없이는
> 그 시작조차 꿈 꿀 수 없는 것이다.'
>
> — 하버드대 마이클 센델 교수

02

 견(見)하지 말고 관(觀)하라

매일 아침마다 학교에 지각을 하는 학생이 있었다. 담임선생님은 어쩌다 한 번이 아니라 매일 지각을 하는 그 학생이 괘씸해서 심하게 혼을 내고 회초리까지 들었다. 그런데 며칠 후, 그 선생님은 차를 타고 가다가 늘 지각하는 그 학생을 우연히 보게 되었다. 한눈에 봐도 병색이 짙은 아버지를 휠체어에 태우고 요양시설로 들어가고 있었다. 순간 선생님은 가슴이 먹먹해졌다.

지각은 곧 '불성실함'이라는 생각에 이유도 묻지 않고 무조건 화를 내고 회초리를 든 자신이 매우 부끄러웠다. 가족이라고는 아버지와 단 둘 뿐이라서 아버지를 간병하느라 지각한 학생, 게다가 요양시설은 문을 여는 시간이 정해져 있기에 요양원이 문을 여는 시간에 맞춰서 아버지를 모셔다 드리고 마치 100미터 달리기를 하듯 미친 듯이 뛰어서 학교에 도착했지만, 매일 지각을 할 수밖에 없었던 것이다. 그날 이후 또 지각을 하게 된 그 학생은 선생님 앞으로 와서 말없이 고개를 숙이고 종아리를 걷었다. 그런데 선생님은 회초리를 학생의 손에 쥐어 주고 자신의 종아리를 걷었다. 그리고 "선생님이 미안하구나, 정말 미안하다."라는 말과 함께 그 학생을 따뜻하게 안아주며 함께 울었다고 한다.

진정한 리더란 자신의 과오와 잘못에 대해 진심으로 사과할 줄 아는 용기가 있는 사람일 것이다. 그리고 모든 일어나는 일들을 일차원적으로 견(見)하고 즉흥적으로 판단하는 것이 아니라 전체를 보려 하고, 맥락을 살피며 관(觀)할 수 있는 자세와 태도, 담대함이 늘 필요할 것이다.

저자는 개인적으로 영화와 TV시리즈 보는 것을 무척 좋아한다. 우연히 가까운 지인의 추천으로 설득스피치와 협상에 관한 귀한 인사이트를 준 괜찮은 드라마를 보게 되었다.

〈스토브리그〉라는 제목의 16부작 지상파 드라마였는데, 프로야구팀 대표와 단장 그리고 스텝들 사이에서 일어나는 설득과 소통에 관한 내용이었다.

우선 드라마의 핵심배경과 스토리는 만년 꼴찌팀 '드림즈 야구단'에서 시작된다. 새로 부임한 백승수 단장은 제일 먼저 팀의 중요한 에이스인 임동규 선수를 퇴출시키려 하면서 야구단 스텝 구성원들로부터 엄청난 반대에 부딪힌다. 하지만 매우 철저한 분석과 뛰어난 프리젠테이션으로 영향력 있는 멤버들부터 설득해 나가는데,

핵심은 감정을 배제한 철저한 숫자 중심의 명확한 근거들과 놀라운 해석력이다.

사실 신임 단장이 퇴출시키려는 '임동규'라는 인물은 팀에 없어 서는 안되는 국가대표 급 최고의 타자로, 구단에서 가장 고연봉의 중요한 선수로 평가받고 있는 상황이었다. 그런데 그런 최고의 타 자를 방출하려고 하니, 당연히 구단 내에서 반대가 엄청났다.

새로 부임한 백 단장은 '임동규' 선수를 조직에 해를 끼치면서 납득하기 어려운 고평가를 받고 있다고 판단하고 다음과 같은 객관 적인 숫자와 근거들로 구성원들을 설득해 나갔다.

첫째, 최고의 평가를 받는 임동규 선수가 개인적인 타율은 3할 7 리로 높은 것은 사실이나, 결정적인 시기 팀의 승리에 전혀 도움이 되지 않는다고 판단하였다. 즉, 팀이 순위 경쟁을 해야 하는 중요한 봄 시즌에는 힘 한번 제대로 못쓰다가 팀이 꼴찌가 확정된 가을 시 즌에 홈런을 집중적으로 터뜨리는 등 구단에 전혀 도움이 안되는 매우 무의미한 강점이 있음을 데이터를 통해 강조하였다.

둘째, 구단에서 가장 큰 연봉을 가져갈 만큼 거포형 타자가 아니 라는 것이다. 계량화된 수치만 보면 대단한 홈런타자 같지만 그저 중장거리형 타자로, 야구장의 펜스가 연장되는 경우에는 홈런이 나 오지 않고 있음을 시각적인 그래프로 보여주며 주지시킨다.

셋째, 가장 중요한 방출의 요인으로, 자기중심적 성격으로 팀의 에이스였던 강직한 성격의 '강두기' 선수를 강제적으로 나가게 한 것을 의미 있게 지적하였다. 즉, 선수선발과 선수기용에 있어 선수단을 막후에서 조종하며 팀을 사유화한다는 명백한 사실을 다년간의 사례들을 통해 입증하였다.

사실 소개한 드라마를 통해 우리가 벤치마킹해야 하는 리더의 설득과 스피치에 대한 핵심요소는 단순히 숫자로만 이야기하는 것이 아니라 중요한 통계치들을 완벽하게 분석하여 수치로만 판단할 수 없는 다양한 정성적인 요인들을 구성원들이 입체적으로 보게 하였다는 것이다. 즉, 야구단 단장이라는 권력만을 믿고 막연하게 큰 자금이 소요되는 대형 타자를 방출하는 것이 아니라 스텝들과 구성원들의 냉철한 상황파악과 인식전환을 매우 구체적인 수치와 사례들의 준비를 통해 체계적으로 도모하였다는 것이다.

요약하면, 리더로서 구성원을 설득하기 위해서는 중요한 수치들을 제시함과 동시에 반드시 이면에 숨겨진 다양한 의미들을 분석하고 해석해야 하는 것이다. 결국 구성원 모두가 인정할 수 있는 유의미한 숫자들을 읽어내고, 타당한 해석에 따른 설득전략을 갖춰야 탁월한 리더의 설득스피치라고 할 수 있다.

지인을 통해 추천을 받고 처음 드라마를 접할 때는 주인공 백 단장이 계량화된 숫자로만 설득하려 한다는 선입관이 있었다. 하지만 회를 거듭할수록 무릎을 치게 만드는 놀라운 점은 반드시 숫자를 통해 탁월한 해석, 즉 중요한 포인트들을 짚어내며 상대방의 고착화된 생각들을 자극하고 변화시켰다는 것이다. 물론 나중에 알게 된 사실이지만, 외국에서 드라마의 모티브를 가져왔다고 하니, 한국적 실정과는 조금 맞지 않을 수도 있다. 하지만 분명한 것은 숫자 이면의 해석과 통찰이 리더에게 얼마만큼 큰 설득의 힘이 되는지 깨닫게 하는 좋은 드라마라고 생각한다. 시간이 많이 흐르기는 했지만, 기회가 된다면 꼭 한번 시청하기를 추천하는 바이다.

인문학에는 '견(見)하지 말고 관(觀)하라'는 말이 있다. 단순히 겉으로 드러난 것을 보지 말고 드러나지 않은 것을 잘 들여다보아야 한다. 늘 그렇듯 진짜 중요한 것은 잘 보이지 않기 때문이다.

조직의 리더는 숫자 이면의 정성적인 부분, 즉 드러난 현상을 통해 잘 드러나는 않는 중요한 본질을 들여다 볼 수 있는 자세가 필요하다. 그러한 노력이야말로 탁월한 리더의 설득스피치를 위해 가장 중요한 요소라고 할 수 있을 것이다.

'빛나는 것이 모두 황금은 아니다.'

- 영국 격언

03

 좌뇌의 판단 vs 우뇌의 결단

뇌과학자들의 연구에 의하면, 인간의 뇌는 좌뇌와 우뇌로 나눌 수 있는데, 좌뇌 영역은 이성적이고 논리적인 부분을 담당하고, 우뇌 영역은 정서적이고 감정적인 부분을 담당한다고 한다. 즉, 설득을 기준으로 본다면 논리정연하게 설명하는 부분이 좌뇌를 자극하고, 감정적인 호소와 감동적인 스토리가 우뇌를 자극하게 된다는 것이다. 또한 다수 연구에 의하면, 전달하는 설득메시지의 구조와 이성적 논리가 조금 불완전하더라도 타당한 예시와 객관적 비유들이 우뇌를 자극하게 되면 인간의 인식은 긍정적인 행동의 변화를 일으키게 된다고 한다. 즉, 뇌과학적 측면에서 보면 궁극적으로 인간의 우뇌가 좌뇌보다 더욱 활성화되었을 때 행동과 결단을 하게 되는 것이다.

인터넷에서 우연히 읽은 예화를 통해 인간의 정서적 영역을 담당하는 우뇌를 자극했을 때 일어나는 놀라운 결과를 소개할까 한다.

1900년대 초 프랑스 파리의 미라보 다리 위에서 앞을 전혀 보지 못하는 걸인이 구걸을 하고 있었고, 그의 목에는 "저는 태어날 때부터 장님입니다."라는 작은 팻말이 걸려 있었다. 어느 날 다리를 지나던 중년의 신사가 걸인에게 하루 종일 구걸하면 얼마나 벌 수 있느냐고 물었다. 걸인은 10프랑 정도 된다고 말하였다. 그러자 중년의 신사는 걸인의 목에 걸려 있는 작은 팻말에 무슨 글인가를 다시 써주고 사라졌다. 한 달 후, 그 신사는 다시 걸인을 만나게 되었고, 요즘은 하루에 얼마나 버느냐고 물었다. 목소리를 바로 알아들은 걸인은 그 신사의 손을 잡고 연신 크게 인사를 하고는 "선생님, 정말 감사합니다. 선생님께서 팻말에 뭐라고 써주시고 간 이후로 매일 50프랑 이상씩 벌고 있습니다. 대체 뭐라고 쓰신 겁니까?" 하고 물었다. 그러자 그 중년의 신사가 대답했다.

"나는 그저 '이제 봄이 오는데 저는 그 봄을 볼 수가 없습니다'라고 팻말에 썼을 뿐이오."

위 일화를 통해 우리는 누군가의 마음을 움직이려면 직접적이고 이성적인 메시지 보다 감성적이고 은유적인 표현이 설득스피치에 얼마나 중요한지 이해할 수 있다.

특히 구성원의 마음을 움직여야 하는 리더의 경우 설명조의 딱딱하고 지루한 분위기는 오히려 상대의 거부감을 유발할 수 있다. 구구절절 옳은 말이라 할지라도 표현이 딱딱하고 고리타분하다면 듣는 사람 입장에서는 귀에 잘 들어오지 않는 법이다. 늘 다양한 감성적 비유와 은유적인 표현들을 설득스피치에 활용하는 것이 좋다.

약 10여 년 전 어느 모 경제일간지 신문에 고액 연봉을 받는 텔레마케터 자매가 크게 소개된 적이 있다. 하루에 다섯 시간 정도 가망고객들과 전화통화로 보험상품을 판매하여 회사 내 텔레마케터 세일즈 부분에서 거의 매년마다 1등과 2등에 나란히 오른 것이다. 당연히 많은 기자들로부터 인터뷰가 쇄도했다.

"어떻게 전화만으로 상품 판매를 그렇게 잘할 수 있었나요?"
"글쎄요. 저희들은 그저 감성적으로 표현하려고 노력한 것밖에는 특별한 게 없는 것 같아요. 가령 어린이 보험상품의 경우 '자녀에게 닥칠 각종 위험을 보장해드립니다'라고 직설적이고 메마르게 설명하는 것보다는 '예쁘고 소중한 자녀분에게 혹시라도 닥치게 될 미래의 위험을 빈틈없이 몽땅 보장해드려요'라고 조금 감성적으로 말하면 대부분의 사람들이 일단 솔깃해 했거든요. 사실 매일매일 좋은 표현과 인상적인 문구들을 만들어 노트에 적어 놓고 밤마다 읽었어요."

사실 전화인터뷰를 진행한 기자들의 대부분은 두 자매의 목소리가 특별하다거나 매력적이라고 느끼지 못했다고 한다. 게다가 얼굴을 전혀 볼 수 없으니, 눈에 보이는 차별성도 접할 수 없었다. 오로지 전화기 너머로 들리는 목소리와 설득의 메시지들에 의해 고객들의 마음이 움직인 것인데, 그 비법이 사람의 우뇌를 자극하는 감성적인 문구들과 인상적인 표현들에 있었던 것이다.

우리 한국인들은 특별한 감성유전자를 가지고 있다고 할 수 있다. 특히 자녀와 가족에 대해서는 유독 애틋함과 강한 집착이 있는데, 이 부분이 건드려지는 메시지에 굉장히 크게 반응하는 것이다. 최고의 성과를 내었던 두 자매는 바로 이러한 감성원리들을 잘 활용했다고 할 수 있다.

'같은 말도 툭 해서 다르고 탁 해서 다르다.'

한국 속담

04

 ## 인간은 생각보다 멍청하다

본 필자가 토요일마다 빼놓지 않고 보는 시사프로그램이 있다. 바로 탤런트 김상중 씨가 진행하는 〈그것이 알고 싶다〉라는 사회고발 프로그램이다. 사회적으로 큰 이슈가 되었던 사건·사고들을 소재로 한 프로그램인데, 상식적으로 도저히 이해할 수 없는 놀라운 이야기들을 접하곤 하여 방송이 끝날 때면 매번 깨닫는 것이 있다. 바로 인간은 생각보다 참 멍청하다는 것이다.

기억나는 여러 내용들 중 필자가 가장 충격적으로 본 사건은 가스라이팅(심리지배)과 사이비 종교에 관한 것이었다. 명문대 교수와 외국박사 등 대단한 사회적 스펙과 식견을 가진 일명 지식인이라는 사람들이 자신을 신이라 칭하는 정신 나간(?) 사람을 위해 모든 재산을 헌납하고 스스로 노예와 같은 삶을 선택하기도 하며, 단 한 번의 전화로도 확인 가능한 일명 '자칭 전문가'라는 사기꾼들에게 돈과 신체를 갈취당하는 이야기를 접할 때면, 과연 만물의 영장인 인간이 논리적이고 합리적인 사고가 가능하기는 한 것인지 놀라지 않을 수가 없다.

안타깝게도 인간은 똑똑한 척은 하지만 매우 멍청하다고 주장하는 학자가 있다. 심리학 기반의 행동경제학으로 노벨상을 수상한 리처드 세일러 교수는 인간은 언제나 합리적인 선택을 한다는 전제를 전면 부정하였다. 오히려 인간 주변의 심리적이고 다양한 사회적인 요소들이 선택과 결정에 큰 영향을 미친다고 주장하였는데, 그의 이런 연구가 잘 녹아들어 간 설득이론이 바로 넛지(Nudge) 이론이다.

'넛지(nudge)'는 원래 '팔꿈치로 슬쩍 찌르다', '주위를 환기시키다'라는 뜻으로, 사람에게 특정 행동을 유도할 수 있는 효과적인 방법으로서 자연스럽게 행동이 변화되도록 하는 자유주의적 개입을 특징으로 하는 설득이론 중 하나다. '넛지 이론'에 따르면, 사람의 설득을 위해서는 매우 단순하게 접근해야 한다. 왜냐하면 인간은 생각보다 복잡하지 않으며 멍청하기 때문이다.

리처드 세일러 교수와 마찬가지로, 인간의 비이성적이고 비합리적 선택과 행동이 매우 자연스런 현상임을 주장한 또 다른 대표적인 학자로 정신분석학의 대가 '프로이트'가 있었다. 그 또한 인간은 결코 이성적 존재가 아니라 무의식에 휘둘리는 비합리적인 존재라고 설파하였다.

사실 필자가 생각하기에 인간들의 이해할 수 없는 비이성적 판단과 행동의 대표적인 사례는 '결혼'이 아닐까 싶다. 흔한 사례는 아니지만. 평소 자신을 때리고 심지어 강간까지 한 남자와 결혼한 여자들의 이야기는 상식적으로는 받아들이기 힘들다. 하지만 아이러니하게도 이러한 행동과 선택들이 인간의 자연스러운 모습이라고 할 수 있다. 언제나 이성적으로 판단하고 결정할 것 같지만 연민과 측은지심만으로 중대한 결정을 하는 것이다.

조직의 리더로서 탁월한 설득스피치를 위해 무엇보다 사람을 제대로 알고 이해하는 것이 중요할 것이다.

스티브 잡스는 자신의 모든 재산을 주고 '소크라테스'를 하루라도 만날 수 있다면 그렇게 하겠다고 했다. 왜 그랬을까? 그를 만나서 고대 인류문명에 대한 지식을 듣고자 하는 것도 분명히 있었겠지만, 무엇보다 사람을 이해하는 데 있어 대철학자의 조언을 얻고자 했던 것이다. 인간을 온전히 이해할 수만 있다면 리더의 설득을 포함해 모든 비즈니스에서 성공할 확률이 매우 높아지기 때문이다.

사람을 온전히 이해하고자 한다면 우선 기억하도록 하자. 인간은 생각보다 멍청하다.

> '지혜로운 사람은 본 것을 이야기하지만,
> 어리석은 사람은 들은 것을 이야기한다.'
> － 탈무드

05

 ## 아는 만큼 보고 아는 만큼 움직인다
(인지적 오류와 구두쇠)

　인간에게는 고유한 지식체계 혹은 인식의 범주라는 스키마 (schema)가 있다. 자신만의 지식창고에 새로운 정보와 의견들이 들어오면 일단 자신의 스키마와 유사한지 아닌지를 판단하여 자신의 인식을 확증해 주는 정보이면 그렇지 않은 정보보다 더 잘 기억하려 하고, 조금이라도 자신의 의견과 다르다고 판단하면 본능적으로 저항한다. 즉, 대부분의 사람들은 자신만의 고유한 스키마에 의존하여 현상들을 보려 하고 행동하려 한다. 쉽게 말해 아는 만큼 보고, 아는 만큼 움직이려 하는 것이다.

　참고적으로 스키마와 유사한 개념으로 인지적 오류(Cognitive Biases)라는 심리학 용어가 있다. 인간은 무언가를 결정할 때, 과거의 인식에 얽매여 습관적으로 판단하고 행동한다는 것이다.

　한국보건사회연구원의 연구발표에 따르면, 우리나라 국민 1만여 명을 설문조사한 결과, 10명 중 9명(90.9%)이 이런 인지적 오류에 빠진 것으로 나타났다. 즉, 우리 주변에는 자기 생각에 갇힌 채 보고 싶은 것만 보고, 입맛에 맞는 결론을 내리는 사람이 넘쳐난다는 의미다. 늘 부정적인 생각에 빠진다거나, 매사 흑백논리로 바라본다거나, 모든 일을 자신과 관련 있다고 단정 짓는 행위 등이 인지적 오류의 대표적인 예다.

거두절미하고 스키마라는 용어를 사용하든지, 인지적 오류라는 심리학 개념을 사용하든지 결론은 하나다. 인간은 생각보다 아집이 많다는 것이다. 즉, 아는 것은 별로 없으면서 작은 경험에서 비롯된 몇 가지 일들로 현상과 사실들을 객관화하고 일반화하려 한다. 한마디로 고집이 참 세다.

인지적 오류와 함께 사람은 정신적으로 사고해야 하는 영역에서 가급적 생각하기를 귀찮아하는 좋지(?) 않은 버릇이 있다. 이것을 심리학 용어로 인지적 구두쇠(cognitive miser)라고 한다. 즉, 정신적인 에너지와 인지적인 노력을 되도록 안 하려고 하며, 매우 간단한 단서만으로 쉽고 빠르게 사물과 현상을 판단하려 한다. 일명 '고정관념'에 의한 사고와 판단을 하는 것이다.

인간이 고정관념의 '인지적 구두쇠'라는 가장 결정적이고 흔한 사례는 남녀 간의 소개팅이라고 할 수 있다. 잘생긴 남자 혹은 예쁜 여자가 나오면 그 사람의 성격도 괜찮을 것이라고 쉽게 판단한다. 사실 소개팅에서 상대방의 외모나 첫 인상은 매우 단순한 한 가지의 정보라고 할 수 있다. 그런데 그 단편적인 정보를 통해서 좋은 호감을 형성하고, 결과적으로 긍정적이고 호의적인 고정관념을 만들어 낸다. 이후에는 상대방이 하는 말이나 마음, 행동 등이 당연히 그의 '괜찮은' 외모와 비슷할 것이라는 성급한 일반화를 한다. 놀라운 사실은 이렇게 인지된 첫 인상과 외모에 대한 이미지는 쉽게 변하지 않는 고정관념이 되어 상대방에 대한 판단을 좌우하게 한다. 일명 사랑에 눈이 멀고 눈에 '콩깍지(?)'를 경험하는 것이다.

매우 안타깝게도 보통의 사람들은 고정관념을 바꾸는 데 매우 인색한 인지적 구두쇠이기 때문에 새롭게 무언가를 깨닫는 것이 어렵다. 사고(思考)에 대한 귀차니즘과 관념(觀念)에 대한 고집이 무척 강하다고 할 수 있다.

따라서 리더의 설득이란 구성원들의 수많은 고정관념과 인지적 스키마의 저항을 기본적으로 이해하고, 그것을 극복해 가는 과정이라고 할 수 있다. 즉, 탁월한 설득을 위한 리더의 태도와 자세란 인지적 오류와 구두쇠인 보통의 인간을 다양한 관점과 표현으로 자극하고 동기부여하여 현명한 생각과 지혜로운 행동을 하도록 만드는 것이라고 할 수 있다.

인지적 구두쇠이자 인지적 오류를 일상으로 범하는 사람들, 구성원들을 위해 리더로서 탁월한 설득을 위한 3가지 기본적인 전략을 소개하고자 한다.

첫째, 구성원의 지식체계를 잘 인지하는 것이다. 즉, 몇 가지 핵심의 질문들을 통하여 구성원의 지적수준을 확인하고, 설득의 도입부와 본론의 전개구조를 구체화하는 것이다. 손자병법에 이르기를 상대를 알고 나를 알면 백전백승이라고 하였다.

둘째, 특정한 업무주제와 관련해서는 구성원들의 인식과 민감도 등을 미리 파악해야 한다. 구성원의 관심과 관여도에 따라 설득을 위한 메시지 혹은 주장의 강도를 조절할 수 있는 것이다. 마음과 열정이 전혀 없다면 아무리 설득하려 해도 소용이 없는 것이다. 이럴 경우에는 현명하게 다른 방법 혹은 다른 사람을 찾는 것이 좋다.

셋째, 구성원들의 기본적인 정보들을 파악하는 것이다. 즉, 구성원들이 가진 정보의 양 뿐만 아니라 정보의 질도 분명히 포함되어야 한다. 세밀하고 구체적인 정보들을 수집한 후, 리더는 그 정보를 종합하여 일정한 기준과 수준에 따라 유형화한 후에 설득의 전략을 수립할 필요가 있다.

정리하면, 탁월한 설득을 위해 리더는 구성원들 각자의 지식체계와 스키마에 맞춤형으로 지식과 정보의 원활한 전달을 도모하며 각자의 개별적 수준에 걸맞는 인지적 활성화를 시키는 것이 효율적인 설득을 위한 첫 번째 과제라고 할 수 있다.

'설득하고 싶다면 이성적으로 말하지 말고 흥미롭게 말하라.'

— 벤자민 프랭클린

06

인간의 행동을 유발하는
동기의 내용(What)과 과정(How)

1. 동기의 종류와 유형

사람들의 행동에는 분명한 동기(motivation)가 있다. 이러한 동기는 행동의 시작과 지속을 위한 근본적인 에너지원이자 원천이라고 할 수 있는데, 일반적인 동기의 종류로는 외재적 동기와 내재적 동기가 있다. 심리학적 유형에 의한 구분으로는 접근 동기와 회피 동기로 나눌 수 있다.

우선 외재적 동기란 쉽게 말해서 외부로부터 주어지는 보상에 따른 동기라고 할 수 있다. 즉, 행동 그 자체와 상관없이 행동의 결과가 가져다 줄 보상에서 비롯되는 동기로 지속력이 약하다는 특징이 있다. 대표적인 외재적 동기의 예는 금전과 물건 등이 있다.

반면 내재적 동기는 돈과 같은 외부의 직접적 보상과 관련 없이 행위 그 자체로서 보상이 되는 동기로서 지속력이 강하다는 특징이 있다. 대표적인 내재적 동기로는 개인의 호기심과 성취감 그리고 명예와 인정 등이 해당된다.

심리학적 유형에 따른 접근 동기와 회피 동기에 관해서는 미국 컬럼비아 대학의 '토리 히긴스' 교수가 '성취지향'과 '안정지향'이라는 두 가지 차원으로 구분하여 설명하였다. 즉, 접근 동기는 인간의 행동이 성취지향으로서 원하는 무언가를 얻기 위해 열심히 어떤 행동을 하는 것을 말한다. 반면 회피 동기는 인간의 행동이 안정지향으로서 무언가 좋지 않은 것으로부터 회피하기 위해 움직이는 것을 의미한다.

리더로서 접근 동기와 회피 동기를 이해하기 쉽게 두 가지의 예를 들어 보고자 한다. 우선 접근 동기와 회피 동기를 가지고 열심히 일한 팀원 A와 B가 있다고 하자. 두 사람 모두 열심히 일하였지만, A가 열심히 일한 목적이 개인의 '성취감'이라고 한다면 '접근 동기에 의한 업무적 행동'이었다고 할 수 있다. 하지만 B가 열심히 일한 목적이 상사로부터 업무질책을 받지 않고 인사평가를 제대로 받고자 하는 직장 내 '안정감'이었다면 '회피 동기에 의한 업무적 행동'이라고 할 수 있다.

일상에서도 접근동기와 회피동기에 의한 행동들을 쉽게 접할 수 있다. 학교에서 열심히 공부하는 C와 D학생이 있다고 하자. 두 학생 모두 공부를 열심히 하고 있지만, 열심히 하는 이유는 조금씩 다를 수 있다. C는 부모님께 칭찬을 받기 위해서 열심히 공부하지만,

D는 부모님께 혼나지 않기 위해서 열심히 공부하는 것이다. 즉, C라는 학생은 부모님의 '인정감이라는 접근 동기'에 의해 학습행위를 했다면, D라는 학생은 '안도감이라는 회피 동기'에 의해 학습행위를 하였다고 할 수 있다.

정리하면, 인간의 행동을 유발하는 동기의 종류와 유형은 외재적 동기와 내재적 동기 그리고 접근 동기와 회피 동기로 나눌 수 있는데, 우리의 현실을 돌아보자면 대부분 외재적 동기, 특히 회피 동기를 자극하는 메시지들이 많다고 볼 수 있다.

"좋은 대학에 가면 월급 많이 주는 대기업에 갈 수 있어."
(외재적 동기에 의한 자극)

"젊을 때 공부 열심히 하지 않으면 나중에 막일하며 살게 될 거야."
(회피 동기에 의한 자극)

"열심히 돈 모으지 않으면 나중에 정말 힘들게 지낼 수 있어."
(회피 동기에 의한 자극)

왜 그럴까? 이유는 간단하다. 회피 동기에 의한 메시지가 접근 동기를 자극하는 메시지보다 훨씬 강한 영향력을 행사하기 때문이다. 다수의 연구에 의해 검증된 결과로, 보통의 사람들은 손실을 회피하고자 동기가 무언가를 새롭게 얻고자 하는 동기보다 더 강하다는 것이다. 따라서 인간의 행동을 유발하는 동기로서 접근 동기보다는 회피 동기를 자극하는 것이 더 효과적인데, 흔하게 볼 수 있는 사이비종교들의 종말론 소재가 회피 동기 유발의 가장 흔한 본보기라고 할 수 있겠다.

2. 동기 내용에 관한 이론들

이하에서는 리더로서 구성원들을 동기부여하는 데 인식해야 할 동기의 내용, 즉 인간행동의 원동력이 '무엇(What)'인지에 관한 핵심 이론들을 살펴보고자 한다. 인간의 행동을 유발하는 동기의 내용에 관한 대표적인 이론으로는 매슬로우의 동기이론(5단계 욕구), 허즈버그의 2요인 이론, 맥그리거 교수의 XY 이론, 앨더퍼의 ERG 욕구이론, 맥클랜드의 성취동기 이론 등이 있다.

① <u>매슬로우의 동기이론(5단계 욕구)</u>

5단계 욕구이론은 심리학자인 매슬로우(Abraham Maslow)가 1943년에 주장한 학설로, 인간은 모두 다섯 가지의 욕구 계층을 가지고 있으며, 생리적 욕구 등 하위 단계의 욕구가 달성되면 존경의 욕구 등 상위 단계의 욕구를 채우려 한다는 것이다. 즉, 인간의 행동은 각자의 필요와 욕구에 바탕을 둔 동기(motive)에 의해 유발되고, 이러한 인간의 동기에는 일정한 위계가 있어서 각 욕구는 하위 단계의 욕구들이 어느 정도 충족되었을 때 비로소 지배적인 욕구로 등장하게 되며 점차 상위욕구로 나아간다는 것이다. 사람은 일정 단계의 욕구가 충족되면 그 단계에서 더 이상 동기 유발이 되지 못하기 때문에 더 높은 단계의 욕구를 충족시키려 한다.

인간의 5가지 욕구와 단계

1단계   **생리적 욕구**: 의식주 생활에 관한 욕구로 인간의 가장 본능적인 욕구.

2단계   **안전의 욕구**: 신체적이고 정서적으로 안전을 추구하는 욕구.

3단계   **소속과 애정 욕구**: 일정한 단체에 소속되어 소속감을 느끼고 주위 사람들에게 사랑 받고 있음을 느끼고자 하는 욕구.

4단계   **존중과 존경의 욕구**: 타인으로부터 인정과 존경을 받고 명예를 추구하는 욕구.

5단계   **자아실현의 욕구**: 가장 높은 단계의 욕구로서 자기만족을 느끼는 단계.

자아실현의 욕구

자존의 욕구
(명예, 권력, 성취)

소속감과 애정 욕구
(타인과 관계, 인정, 단체 소속)

안전에 대한 욕구
(신체적, 감정적 안전 - 위험 회피)

생리적 욕구
(의식주, 수면에 대한 욕구)

매슬로우의 욕구 5단계 이론

---

② 허즈버그의 2요인 이론

허즈버그(Frederick Herzberg)의 2요인 이론은 동기부여 내용과 관련하여 조직 내 리더가 주목해야 할 중요한 이론이라고 할 수 있다. 허즈버그 교수는 연구원들과 기업 내 구성원의 직무태도를 조사하던 중 구성원들에게 만족감을 가져다주는 동기요인과 불만족을 가져다주는 위생요인들에 대해 발견하게 되었다.

즉, 조직구성원들이 일에 관해 만족스러울 때의 동기요인은 업무와 연관된 것으로 업무적 성과를 내었을 때, 성공적인 업무처리로 승진하였을 때, 회사에서 인정과 존중을 받았을 때가 대표적이라 할 수 있다. 그러나 구성원들이 일에 관해 불만족스러울 때의 위생요인은 업무와의 연관보다는 외부적 요인, 가령 근무조건이 열악하거나 안전하지 못하며, 복리후생이 나쁘고 함께 일하는 동료가 부정적이었을 때가 대표적이라고 할 수 있다.

결국 허즈버그 2요인 이론의 중요한 핵심은 구성원의 불만족의 원인들이 업무성과와 특별한 인과관계를 보이지 않으나, 구성원들의 행복감 등 만족의 원인들은 주로 업무 성과와 직접적인 인과관계가 있다는 것이었다.

정리하면, 구성원들의 동기요인은 성취감, 도전감, 성장과 발전 등 직무 내용과 관련되거나 구성원의 내재적인 욕구를 충족시키는 요인들로, 일단 충족이 되면 구성원의 업무적 만족에 적극적인 영향을 줄 수 있다는 것이다. 하지만 급여와 복리후생 등 위생요인의 충족은 구성원의 조직 내 불만을 줄일 수는 있으나, 업무적 만족에는 직접적인 영향을 주지 않는다고 밝혔다.

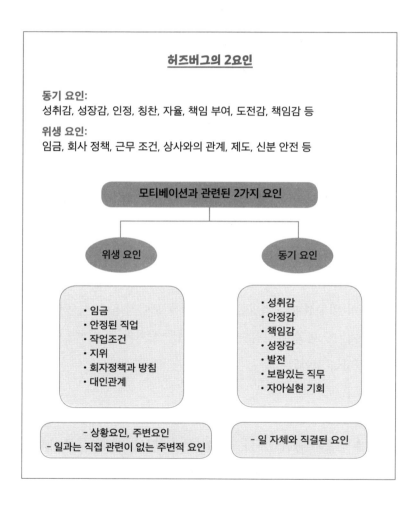

③ 맥그리거 교수의 XY이론

미국의 심리학자 맥그리거(D. McMgregor) 교수는 인간의 본질에 대해 매우 상반된 가정으로 XY이론을 주장하였다.

우선 X이론에 따르면, 사람은 일하기를 싫어하고 야망이 없으며, 무엇인가 책임지기를 싫어하며 명령에 단순히 따라가는 것을 좋아하고, 변화에 일단 저항적이고 안전을 원한다고 가정하였다. 따라서 이러한 X이론에 있어서 리더의 동기부여 전략은 구성원들의 행동을 직접적으로 감독하며 통제하는 것이라고 할 수 있다.

반면 Y이론에 따르면 인간의 본성은 일을 싫어하지 않고 조직의 목표 달성을 위하여 자율적으로 자기 규제를 할 수 있으며 헌신적이라고 가정하였다. 즉, 매슬로우의 자기실현의 욕구나 존경욕구의 충족이 가장 중요한 보상으로 이러한 Y이론에 있어서 리더의 동기부여 전략은 구성원들에게 개인목표와 조직목표를 조화될 수 있도록 하며, 업무를 통해 욕구가 충족되고 개인이 발전할 수 있는 운영 방침을 수립하는 것이라고 할 수 있다.

맥그리거의 XY이론과 인간관

X이론에 따른 인간관:
게으름, 무책임, 변화에의 저항, 자기중심적, 안전추구 등

Y이론에 따른 인간관:
자율적, 자기실현 욕구, 존중의 욕구, 창의성 추구 등

X 이론		Y 이론
• 본능적으로 일을 싫어함 • 통제, 지시, 벌, 강압이 필요 • 지시받고 싶어함 • 책임회피 • 야망 부재 • 현실 안주(안정성만 추구)	VS	• 육체적, 정신적으로 일에 몰두 • 자기통제와 자기관리 가능 • 성취감 추구 • 책임의식 • 상상력, 창의력(일반적인 능력)

④ 앨더퍼의 ERG 욕구이론

ERG 욕구이론은 심리학자 앨더퍼가 주장한 이론으로 인간의 욕구를 계층화하며 매슬로우의 5단계 욕구를 3차원인 존재욕구(existence needs), 관계욕구(relatedness needs), 성장욕구(growth needs)로 축약시켰다. 이론의 핵심은 상위에 있는 욕구가 충족되지 못하면 하위의 욕구가 더욱 증가하여 이를 충족시키려면 기존의 몇 배나 더 노력을 해야 한다는 것이다.

즉, 욕구를 단계적이고 계층적인 개념이 아닌 욕구의 구체성 정도에 따라 분류하였으며, 욕구 간의 일정한 순서가 있는 것이 아니라 개개인 마다 세 가지 욕구의 상대적 크기가 서로 다를 수 있으며, 개인적 성격과 문화에 따라 달라질 수 있다고 보았다.

앨더퍼의 ERG 욕구

존재욕구(Existence needs):
인간의 생존을 위한 가장 기본적인 욕구로 음식, 물, 임금과 같은 것이 해당하며, 근로환경 등과 같은 물질적 욕구도 이 범주에 속한다.

관계욕구(Relatedness needs):
개인적이고 사회적인 관계에서 의미를 추구하는 욕구로 구성원 간의 대인관계, 가족 및 친구 등과의 관계와 관련되는 모든 욕구를 포괄한다. 매슬로우의 5단계 욕구 중 안전욕구와 사회적 욕구, 존경의 욕구가 이 범주에 속한다고 할 수 있다.

성장욕구(Growth needs):
인간의 생산적이고 창의적 공헌에 대한 욕구로 성장과 잠재력의 극대화 등 자기능력을 개발하고자 하는 욕구다. 매슬로우의 5단계 욕구 중 자아실현 욕구가 이 범주에 해당한다.

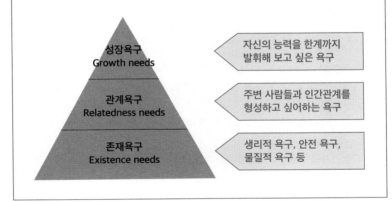

⑤ 맥클랜드 성취동기 이론

하버드대 심리학과 맥클랜드 교수는 〈인간의 동기〉라는 책을 통해 인간은 성취욕구, 권력욕구, 친화욕구 등 3가지 욕구에 따라 행동한다고 주장하였다. 특히 성취욕구의 중요성을 지적하였는데, 성취욕구가 높은 사람은 일을 더 잘하려는 희망으로 문제 해결책을 찾는 데 개인적 책임을 부여받는 상황을 선호하고, 성과에 대하여 개선여부를 알기 위하여 신속하고 명확한 피드백을 원하며, 적절하고 도전적인 목표를 설정할 수 있는 상황을 희망한다. 특히 높은 성취욕을 가진 사람들은 타인들의 행동이나 우연에 의해서 결과가 나오는 것보다는 성공이나 실패에 대하여 자신이 책임을 지는 도전적인 일을 선호한다.

맥클랜드 성취동기 이론과 3가지 욕구

- **성취욕구**(Need for Achievement):
  높은 기준을 설정하고 이를 달성하고자 하는 욕구

- **권력욕구**(Need for Power):
  다른 사람에게 영향력을 미치고, 통제하려는 욕구

- **친교욕구**(Need for Affiliation):
  대인관계에서 밀접하고 친밀한 관계를 맺고자 하는 욕구

'사랑이 우리를 바꾸는 게 아니다.

행동을 바꿀 때 최고의 사랑이 찾아오는 것이다.'

- 리처드 와이즈먼

2. 동기 과정에 관한 이론들

리더로서 구성원들의 행동을 유발하는 동기부여가 어떠한 과정 (How)을 통해서 일어나는가에 관한 주요 이론들로는 애덤스의 '공정성 이론', 브룸의 '기대 이론', 로크의 '목표설정 이론' 등이 있는데, 개인의 행동들이 어떻게 동기화되고, 어떤 과정을 통해 동기부여가 되는가에 초점을 둔 연구들이라고 할 수 있다.

① 애덤스의 공정성 이론

애덤스의 공정성 이론은 인간의 동기유발이 개인이 받는 보상을 같은 상황에 있는 다른 사람과 비교하여 공정한지에 달려 있다는 이론이다. 즉, 조직 내에서 구성원이 시간과 노력 등을 투입하고 그 결과로 승진과 성취감 등을 얻게 되는데, 업무상의 투입과 산출 사이의 비율이 다른 구성원과 비교하여 공정한 대우를 받고 있는지를 판단한다는 것이다.

만일 구성원 개인이 불공정다고 인식하게 되면 업무에 대한 노력을 덜하게 되고, 자신 또는 타인에 대한 인식을 행운과 연줄 등의 탓으로 돌리며, 극단적으로는 회사를 이직함으로써 불공정성에 대한 저항을 하게 된다. 따라서 조직 내 공정성의 유지는 성과의 향상보다는 구성원의 결근과 이직 등 성과저하를 방지하는 차원에서 효과적이라고 할 수 있다.

정리하면, 애덤스의 공정성 이론은 리더가 구성원의 노력이나 성과에 대하여 공정함을 유지해야 올바른 동기유발의 과정이 이루어진다는 것이다.

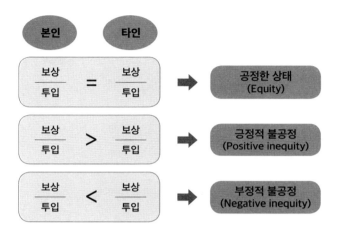

② 브롬의 기대이론

브롬의 기대이론은 '가치이론(value theory)'이라고도 한다. 구성원의 동기를 유발하기 위하여 동기의 요인들이 상호작용하는 과정에 초점을 두는 동기의 과정이론으로서, 조직 내 구성원의 동기 유발은 개인의 노력이 어떤 성과를 가져오리라는 '기대감'과 성과가 달성되었을 때 보상을 받을 것이라는 '가능성'에 의해 결정된다는 것이다.

즉, 동기를 유발하는 요인이 조직 내에서 어떠한 행위 또는 일을 수행할 것인가의 여부를 결정하는 데에는 그 일이 가져다줄 가치와 그 일을 함으로써 기대하는 가치가 달성될 가능성, 그리고 일 처리 능력에 대한 평가가 복합적으로 작용한다는 것이다.

결국 조직에서 구성원들은 자신이 바라는 목표에 도달할 수 있다고 믿을 때 비로소 성과 지향적 행동을 하며, 기대에 충분히 만족하지 않을 때에는 동기유발이 일어나지 않는다는 것이다.

따라서 리더는 구성원이 성과에 대한 결과를 기대할 수 있도록 하며, 원하는 보상의 종류와 중요성을 이해하여야 효과적인 동기유발을 할 수 있다고 보는 것이다.

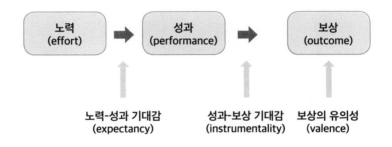

③ 로크의 목표설정 이론

미국의 심리학자 로크가 주장한 동기의 과정 이론으로 인간은 합리적으로 행동한다는 기본적인 가정 하에 주체적으로 설정한 목표는 동기와 행동에 영향을 미친다는 것이다. 즉, 조직의 구성원이 목표를 달성하고자 하는 자발적 의도가 업무에 대한 동기부여의 주요한 원천으로, 특히 명확한 목표이면서 달성하기 어려운 목표일수록 더 높은 성과를 가져온다는 것이다. 무엇보다 구성원이 스스로 목표를 설정하는 것 자체가 동기의 기초를 제공하고 행동의 지표가 되어 동기유발에 매우 효과적이라는 것이다.

로크 박사가 주장하는 효과적인 목표설정을 위한 SMART법칙은 다음과 같다.

첫째, 목표는 측정가능하고 계량적이어야 한다.(S)

둘째, 목표는 구체적이어야 한다.(M)

셋째, 목표는 현실적이고 달성 가능해야 한다.(A)

넷째, 목표는 기대되는 결과를 확인할 수 있어야 한다.(R)

다섯째, 목표는 그 달성에 필요한 시간의 제한을 명확히 나타내 주어야 한다.(T)

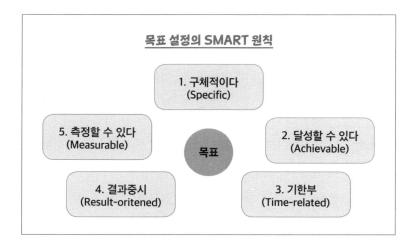

인간은 자신의 가치가 바탕이 되어 정서와 욕망이 형성되고, 이를 토대로 목표가 설정된다. 바로 이것이 실제적인 행동이나 성과의 결정요인으로 작용하는 것이다. 결국 인간은 스스로 설정한 목표를 성취하려는 의도가 제일 중요한 동기의 힘이 되는 것이다.

'사실은 없다. 해석만 있을 뿐이다.'

- 니체

PART 2

스피치!
말하듯이
잘 들리게

스피치는 쉽게 말해 '말하기'라고 정의할 수 있다. 즉, 글을 읽는 것이 아니라 입으로 말을 하는 것이다.

　필자의 학창시절에는 전교생들을 학교 운동장에 모아놓고 '공산당을 몰아내자', '북괴를 쳐부수자'는 반공 웅변대회가 매년 열렸다. 초등학교 2학년 때 처음으로 교내 웅변대회를 참관하게 되었는데, 매우 신선한 충격을 받았고 그 놀라운 첫 경험(?)이 강한 호기심과 동기가 되어 필자 스스로 웅변을 시작하는 계기가 되었다.

　무엇보다 자그마한 어린 아이의 당찬 제스처와 우렁찬 목소리는 웅변의 가장 큰 매력이었고, 압도되어진 청중들은 열렬한 박수와 환호로 보냈는데, 그때의 멋진 장면들과 기억들은 잊을 수 없는 전율이 되어 수십 년이 지난 지금도 강하게 뇌리에 박혀있다.

　그럼, 그때 그 시절 반공웅변은 과연 어떤 스피치에 해당된다고 할 수 있을까? 설득스피치인가, 아니면 단순한 전달스피치인가? 스피치 유형들을 확인하면서 그 답을 찾아보도록 하자.

01

 스피치 유형과 리더의 공감스피치

스피치의 유형은 크게 외형과 상황에 따라 구분할 수 있다.

첫째, 스피치는 외형에 따라 스탠딩(Standing) 스피치와 싯다운(Sit down) 스피치로 나눌 수 있다. 복수의 사람들을 향해 일어나서 말하기를 하면 스탠딩스피치가 되고, 앉은 자리에서 말을 한다면 싯다운 스피치라고 할 수 있는데, 놀라운 사실은 싯다운 스피치를 잘하는 사람이 스탠딩 스피치는 너무 어려워하고 힘들어하는 경우가 많다는 것이다.

여러 원인이 있겠지만, 필자의 생각에는 청자(聽者)들의 숫자와 시선집중에 있지 않나 생각한다. 즉, 앉아서 스피치할 때는 아무래도 편하고 자연스럽게 한두 사람 정도와 시선을 교환하며 대화를 하면 되는데, 연단에 서거나 많은 이들이 바라보는 위치에서 스탠딩 스피치를 하게 되면 집중되는 시선에 긴장감과 부담감은 계속해서 높아지게 된다. 또한 화자(話者)의 메시지를 합의되고 예정된 시간 안에 잘 전달해야 하는데, 많은 사람들의 일방적이고 집중적인 시선으로 인해 심리적인 스트레스가 가중되어 스피커의 멘탈이 심하게 흔들리면서 말하는 내용의 올바른 전개마저도 힘들어지는 일명 멘붕(?) 스피치를 하게 되는 것이다.

대표적인 멘탈스포츠가 골프라고 하는데, 아무래도 스피치는 더더욱 멘탈이 중요하다고 할 수 있다. 한 공간 안에서 많은 사람들의 시선집중은 스탠딩 스피커의 몸과 마음을 매우 경직되게 만들고, 급기야 목소리마저도 통제 불가능하게 만드는 것이라고 할 수 있다. 따라서 온전한 스탠딩 스피치를 위해서는 자신감 등 스피커의 멘탈이 가장 중요하다고 할 수 있다.

둘째, 스피치의 유형은 스피치를 해야 하는 상황에 따라 발표스피치, 진행스피치, 대화스피치, 참여스피치로 나눌 수 있다.

우선 발표스피치는 리더의 실적발표 등 정보전달도 있겠지만. 상품소개 등 세일즈와 관련한 스피치가 해당된다고 볼 수 있다. 즉, 고객의 마음에 직접적으로 구매요청을 하고자 하는 것이 주목적이기에, 발표스피치는 리더의 설득스피치에 가장 대표적인 형태라고 할 수 있다.

진행스피치는 회의 혹은 세미나에서 사회자가 진행하는 스피치로 의사진행을 원활하게 하는 스피치라고 할 수 있다. 가령 누군가의 발표스피치를 잘 시작하도록 순서진행을 보조적으로 돕는 사회자의 스피치가 대표적인 예라고 할 수 있겠다.

대화스피치는 전형적인 싯다운(Sit down) 스피치로 사람들과의 만남에서 자연스럽게 이루어지는 대화, 즉 수다들이 대표적인 대화스피치라고 할 수 있을 것이다.

참여스피치는 발표스피치와는 반대로 발표자의 메시지에 대하여 의견개진 및 비평하기 등 발표스피치의 중간중간에 개입하는 스피치라고 할 수 있다.

정리하면, 위와 같이 다양한 스피치 유형과 상황에서 리더의 설득스피치는 주로 어디에 해당한다고 할 수 있을까? 외형으로 구분하자면 스탠딩 스피치이고, 상황으로 구분하자면 발표스피치에 해당한다고 할 수 있을 것이다. 물론 싯다운 스피치로 대화스피치를 하는 리더의 설득스피치도 왕왕 있을 수 있다. 하지만 중요한 것은 과연 리더가 어떠한 방향성을 가지고 스피치를 준비 하는가이다.

사실 완벽한 정답은 없겠지만 우선 리더의 설득스피치는 공감스피치가 되어야 한다고 생각한다. 구성원들이 전혀 공감할 수 없는 일방적인 스피치는 리더의 언어적 폭력이자 잔인한 소음이 될 수 있기 때문이다.

리더의 공감스피치를 위한 가장 좋은 방법은 바로 스토리텔링이며, 가장 강력한 스토리는 바로 리더 본인의 삶과 체험이라고 할 수 있다. 왜냐하면 리더의 진정성이 드러나기 때문이다. 제3자를 통한 간접적인 스토리는 그 임팩트가 상대적으로 적을 수 있으나, 리더 본인의 직접적 체험에서 우러나온 이야기는 공감스피치를 위한 가장 유용한 방법이라고 할 수 있다.

> '꿈을 밀고 나가는 힘은 이성이 아니라 희망이며,
> 두뇌가 아니라 심장이다.'
>
> - 도스토예프스키

02

 목표보다 목적이 이끄는 스피치

모든 스피치에는 반드시 분명한 목표와 목적이 있다. 그 목표와 목적을 위해 상대방에게 자신의 의견과 주장을 전하는 것이다. 따라서 무엇보다 쉽게 설명할 수 있어야 한다. 정확한 사실과 논리적 근거들을 알기 쉽게 전달하면 할수록 상대방의 이해와 변화를 잘 이끌어 낼 수 있으며, 성공적인 스피치가 될 수 있는 것이다.

스피치의 목표와 목적은 어떻게 다른 것인가? 우선 목표는 일종의 외재적 성과(performance) 라고 할 수 있다. 계량적이고 객관적 수치가 존재하는 것이다. 그러나 목적은 목표와 다르다. 일종의 거시적인 가치(Value) 와 의미라고 할 수 있다. 따라서 스피치의 목표가 달성되지 않았다고 하여 스피치의 목적까지 실패하였다고 단정할 수는 없다.

예를 들어 보자. 가령 비즈니스 협상을 위해 정성스럽게 준비한 자료와 객관적 근거에 의한 스피치에도 불구하고 협상종결이라는 목표를 달성하지 못했다고 하더라도 진실하고 진정성 있는 스피치로 상대 파트너에게 '신뢰'라는 매우 중요한 가치를 이끌어냈다면, 거시적인 목적을 달성한 성공적인 스피치였다고 할 수 있는 것이다.

즉, 스피치의 '목표'는 미시적이고 가시적이라고 한다면, 스피치의 '목적'은 거시적이고 본질적이기에, 당장의 가시적 성과가 없었다 하더라도 상대방과 깊은 공감과 신뢰라는 내재적이고 본질적인 가치를 남겼다면 매우 훌륭한 스피치였다고 평가할 수 있는 것이다.

사실 요즘 현란한 제목의 책자와 영상을 통해 매우 특별한 화법과 화술이 있는 것처럼 스피치의 스킬과 기법을 홍보하는 책들과 교육업체들을 보게 된다. 물론 완전히 부정적으로 생각할 필요는 없을 것이다.

하지만 한번 잘 생각해 보자. 성과적 목표만을 위해 목적을 상실한 현란한 기술들만을 습득하고 구사하는 것이 옳은 것이라고 할 수 있는가. 물론 단기간에 반짝 성공은 취할 수 있겠지만, 결국 그 본질은 드러나고 전해지게 되어 있는 것이다.

자칫 저질의 선동꾼이 되기보다는 조금은 어눌하더라도 진정성으로 신뢰와 가치를 목숨처럼 여기는 분명한 목적이 이끄는 스피치를 지향해야만 결국 마지막에 승리하는 굿스피커가 될 수 있다고 믿는다.

따라서 목적이 이끄는 스피치를 위해 진지한 성찰이 우선돼야 한다. 왜 스피치를 하는지, 궁극적으로 지향하는 가치와 방향이 무엇인지 치열하게 고민하다 보면 조직의 리더로서 설득스피치에 대한 중요한 통찰을 얻을 수 있을 것이다.

감히 함부로 말하는 것일 수도 있지만, 요즘 시대에는 참으로 가벼운 스피치가 너무 많다. 그저 입으로만 떠드는, 삶이 없고 이기적 실리만이 있는 안타까운 스피치가 난무하고 있다. 이렇게 깃털과도 같은 현란한 소음들이 스피치라고 포장되어 많은 이들에게 큰 스트레스를 주기도 한다.

어쩌면 필자 또한 그렇게 화려한 입방정(?)을 스피치라 여기며 많은 우(愚)를 범했을 것이다. 그래서 늘 목적이 이끄는 스피치에 대한 진지한 성찰을 지속함이 필요하다. 단순히 목표만을 위한 스피치가 아닌 심장으로 웅변할 수 있는 리더의 방향과 가치가 있는 목적이 이끄는 스피치를 지향하도록 하자.

'내 안에 진심이 있다면
상대방을 어떻게 설득할 것인지 염려하지 마라!'

- 존 러스킨

03

 최고의 스피치 비법은 내 안에 있다

최고의 스피치를 위해서는 전달하려는 메시지, 곧 말의 내용이 매우 중요하다. 하지만 무엇보다 메시지를 전달하는 메신저의 확신과 믿음은 더 더욱 중요하다고 할 수 있다. 즉, 메신저 스스로가 최고의 스피치를 위한 최고의 해답이 될 수 있는 것이다.

필자는 지금까지 스피치에 대해 공포(?)가 있는 리더들을 여럿 만나보았다. 일단 그들의 첫 번째 공통점은 스피치를 위해 연단에 서기만 하면 식은땀이 흐르고 심장이 터질 듯한 두려움을 느낀다는 것이다. 그들은 한 목소리로 답하길, 세상에서 가장 힘든 일이 사람들 앞에서 말하는 것이라고 한다. 정말 죽음에 가까운 공포감이 밀려들어 숨조차 쉴 수가 없다고 하니, 그 고통은 감히 상상이 되질 않는다. 주업(主業)이 사람들 앞에서 강연을 해야 하는 저자로서는 이해하기가 조금 힘든 것이 사실이다.

분명히 유전적인 이유도 있을 것이며, 다양한 원인이 결부된 심리적인 이유도 있을 수 있다. 하지만 단호하게 이야기하건데, 누구도 편안한 상태에서 스피치를 하거나 연설하는 사람은 아무도 없을 것이다. 늘 긴장되고 불안감이 밀려오지만, 반복적인 연습과 실전적 경험들을 통해 조금씩 여유와 용기를 갖게 되는 것이다. 즉, 심한 심리적 압박감 속에서도 반복하고 또 반복함으로써 담대하고 탁월한 스피치를 하나하나 완성해 나가는 것이다.

필자의 딸은 한때 김연아 키즈로서 피겨 스케이팅 선수를 한 적이 있다. 당연히 아빠이자 지원자로서 김연아 자서전 등 관련 저서를 많이 보았다. 그때 보았던 김연아 선수의 목표에 대한 놀라운 표현들을 소개할까 한다.

"저는 목표를 세울 때 궁극적으로 이루고자 하는 성과목표를 세우지 않아요. 오히려 그 성과를 달성하기 위한 훈련목표 혹은 과정목표를 세우죠. 가령 한 번의 완벽한 점프를 완성하려면 적어도 3천 번의 엉덩방아를 각오해요. 그래야 제대로 된 멋진 점프를 완성할 수 있거든요. 저는 그저 그걸 매일 체크하고 기록하죠..."

한 번의 완벽의 점프를 위해 3천 번의 엉덩방아를 각오했다는 김연아 선수는 최고의 피겨 선수가 되기 위해 '세계 최고 수준의 엉덩방아'를 각오한 것이다. 몸이 기억하게 만들면 성과는 자연스럽게 따라온다는 것을 그녀는 이미 알고 있었던 것이다.

스피치도 마찬가지가 아닐까 싶다. 어린 시절 반복적으로 훈련된 웅변술과 다양한 학생회장의 경험, 그리고 치열한 연설과 선거로 당선된 노조위원장 등 대중 앞에 서는 것이 무척이나 일상이었던 필자가 기업강연을 무려 2,500회 이상 했음에도 내일의 예정된 강연스피치가 긴장된다면 믿을 수 있겠는가.

손이 떨리고 가슴이 떨리는 정도는 아니지만, 한 번도 만나보지 않은 사람들을 대상으로 어떤 돌발적인 상황이 일어날지도 모른다는 불안감이 늘 존재하지만, 자신을 믿고 매순간 전력을 다해서 강연에 임한다. 언제나 오늘의 강의가 내 생에 마지막 강의라는 생각을 하는 것이다.

우리 인생의 모든 일이 마찬가지일 것이다. 스피치든, 인생이든 머리가 기억하는 것이 아니라 몸으로 기억해야 하는 것이다. 몸이 기억하기 위해서는 오로지 반복적인 훈련밖에는 없다. 그리고 그러한 반복된 훈련만이 내 몸에 남아 온전한 자신감으로 드러나게 된다.

절대 비법은 없다고 생각하자. 가령 〈1주일 만에 완성하는 완벽한 스피치 비법〉이라는 책이 방에 꽂혀 있다면 지금 당장 버리기를 강력히 추천한다. 그런 일은 없다. 물론 스피치에 관해 좋은 인사이트는 줄 수 있겠지만, 결단코 노력 없이 쉽고 간결한 방법은 없다. 쉽게 오면 쉽게 가는 법이다. 인류가 오랜 시간 검증한 세상의 진리다.

자신감을 가져야 한다느니, 잘할 수 있다는 목청만 가지고는 자신감을 가질 수 없다. 최고의 리더로서 탁월한 설득스피커가 되기 위해서, 확신과 믿음이 있기 위해서 내 몸이 먼저 기억하도록 반복하고 또 반복해야 하는 것이다.

'나를 만든 건 나다.'

- 부처

04

언어의 힘과 프레임(frame)

개인적으로 한국영화를 참 좋아한다. 한국인들만이 공감할 수 있는 특유의 정서와 표현들이 울림과 감동을 주기 때문이다.

필자가 지금까지 가장 많이 본 한국영화는 이순신 장군의 영화 〈명량〉이다. 최소 10번은 본 것 같다. 중요한 장면의 대사들은 자연스럽게 외우게 될 정도인데, 특별히 가슴을 울리는 명대사들이 있다.

'죽고자 하면 반드시 살고, 살고자 하면 죽을 것이다.'

'바다를 버리는 것은 조선을 버리는 것이다.'

'두려움을 용기로 바꿀 수만 있다면, 백 배 천 배 큰 용기로 배가 되어 나타날 것이다.'

언어의 힘은 참으로 위대하다. 이미 알고 있지만, 영화 속 명대사들을 다시 듣게 되면 마치 명량해전에 참전하는 군인의 심정으로 군은 결의가 올라온다. 가슴을 울리는 짧은 몇 마디의 문구들이 심장을 뛰게 하는 것이다.

사실 설득의 학술적 연구는 전쟁에 참전하는 군인들의 사기진작과 동기부여를 위해 시작되었다고 한다. 군사들의 사기가 충천해야 치열한 전투에서 승리를 이끌어 낼 수 있기 때문이다.

말이란 단순히 의사소통의 수단만이 아닌 그 이상의 힘을 가지고 있다고 볼 수 있다. 너무 익숙하니 우리가 잘 느끼지 못할 뿐이다. 생각이 언어에 영향을 미치듯 어떤 말과 용어를 쓰느냐에 따라 우리의 생각과 행동이 바뀔 수 있는 것이다.

언어는 일종의 프레임(frame)을 형성한다. 프레임이란 세상을 바라보는 방식 혹은 정신적 구조물로서, 언어학자 조지 레이코프는 그의 저서 〈코끼리는 생각하지 마〉라는 책을 통해 언어와 프레임이 큰 연관성이 있음을 주장하였다. 그는 말과 프레임의 대표적인 사례로 미국의 조지 W. 부시 대통령이 미국의 감세 정책에 대해 '세금 인하' 대신에 '세금 구제'라는 표현한 것을 매우 좋은 사례라고 언급하였다.

즉, '세금 구제'라는 말은 '과세는 고통이며, 세금을 없애거나 낮추는 사람은 영웅이고, 세금 인하를 방해하는 사람은 나쁜 사람이다'라는 프레임을 형성하게 한다고 주장하였다. 결국 '세금 구제'라는 표현은 공적인 담론에서 세금 인하를 반대하던 민주당에 비해 공화당이 프레임의 우위를 가지도록 하는 데 큰 기여를 하였다. 하나의 언어, 하나의 표현이 프레임을 불러일으켜 여론을 움직였던 것이다.

교육방송 EBS '다큐프라임'의 '언어의 힘'편에서는 매우 의미 있는 실험이 있었다. 실험은 우선 아이들에게 탁자 위에 놓여 있는 단어들을 조합하여 5분 안에 3개의 문장을 만들도록 하였다. 이때 두 그룹으로 나누어 일명 '무례 그룹'에게는 '공격적', '무례함', '침입하다' 등의 단어가 적혀 있는 파란 카드를 주었고, '예의 그룹'에게는 '공손함', '양보하다', '예의바름' 등의 단어가 있는 노란 카드를 제시하였다. 문장의 완성이 끝나면 다른 장소에 있는 실험 진행자에게 가서 다음 과제를 받도록 주문했는데, 이때 미리 숨어 있던 아이가 마주 오던 아이에게 다가가 일부러 부딪치도록 하였다.

아이들의 반응은 어땠을까. '예의 그룹'은 4명 중 1명을 제외하고는 화를 내지 않은 것에 비해 '무례 그룹'은 4명 중 3명이 불쾌한 반응을 보였다고 한다. 노출된 언어에 따라 실험 참가자들의 행동이 다르게 나타난다는 실험 결과를 통해 언어가 우리의 생각과 행동을 바꿀 수 있음을 보여주었다.

언어는 우리가 세상을 바라보는 프레임을 만들고, 우리의 생각과 행동을 바꾸는 힘을 가지고 있다. 따라서 언어가 가진 힘을 이해하고 언어 사용에 좀 더 주의를 기울일 필요가 있다. 부정적인 단어보다는 긍정적인 단어를 쓰려고 노력하고, 공적 담론에서 쓰이는 언어가 어떤 프레임과 연관되는지, 반대로 어떤 언어를 사용하는 것이 나의 세계관에 부합하는 프레임을 불러일으키는지에 대한 자각이 필요하다.

내가 사용하는 언어는 나의 삶은 물론 타인의 삶도 바꿀 수 있다. 따라서 이러한 언어의 힘을 이해하는 것은 원하는 방향으로 리더의 설득과 스피치를 만들어 가는 데 있어 매우 중요한 요소임을 잊지 말아야 할 것이다.

'나의 승리의 반은 주먹이었고, 반은 말에 있었다.'

- 무하마드 알리

글 언어 vs 말 언어

　개인과 조직의 다양한 커뮤니케이션과 관련하여 연구하고 강의하는 사람으로서 그동안의 경험칙을 통해 이야기한다면, 대체적으로 말보다 글을 선호하는 분들은 내향성과 침착함이 강하고, 반면에 글보다 말을 선호하는 분들은 외향성과 적극성이 강한 분들이라고 생각된다. 물론 통계적 근거 없이 필자의 주관적인 생각이지만, 분명한 것은 개인적인 성향과 언어적 커뮤니케이션 스타일은 깊은 상관관계가 있다는 것이다.

　그럼, 글을 잘 쓰는 사람들은 말도 잘할까? 반대로 말을 잘하는 사람들은 글도 잘 쓸까? 쉽게 단정할 수는 없겠지만, 분명한 사실은 글 언어와 말 언어에 관한 역량과 수준은 상호 인과관계가 높다는 것이다. 즉, 많은 글들을 읽고 직접 글을 써 본 사람이 말을 잘할 확률이 높은 것은 다분히 합리적인 추론이라고 할 수 있다.

예전부터 알고 있는 대단한 독서가인 어느 강사님은 책을 쓰고자 하면 무조건 녹음기를 틀어 놓고 강의하듯 떠든다고 한다. 그리고 녹음된 내용들을 다시 글로 잘 옮겨서 적절하게 수정하면 한 권의 책이 나온다. 평소 다독을 한 결과물들이 입을 통해 나와서 다시 글이 되는 것이다.

보통의 사람들은 글보다 말이 편하다고 한다. 필자도 그러하다. 일단 말하라고 하면 쉽게 나오는데, 글로 써 보라고 하면 힘들게 느껴진다. 아무래도 구어체와 문어체의 차이도 있겠고, 성격이 급한 사람일수록 일단 말이 먼저 나오는 게 인지상정이기 때문이다.

그런데 글 언어를 말 언어로 옮기는 과정에서는 다양한 변수들이 존재한다. 일단 글에는 억양이라는 것이 없다. 리듬도 없다. 즉, 글을 이해하고 해석하는 사람에 따라서 느낌과 감정의 차이가 분명히 생긴다. 결국 말을 전하는 사람의 말의 방식들에 따라서 글 언어의 표현들이 극과 극으로 달라질 수 있는 것이다. 무엇보다도 글 언어가 단순히 읽혀지지 않고 사람들에게 잘 들리는 말이 되었을 때 진정한 말 언어가 될 수 있다는 것이다.

필자는 기업특강을 위해 호텔 혹은 대형 연수원을 종종 방문하는데, 행사진행 중 참석한 귀빈들이 기념사 혹은 축사를 아무런 감정표현도 없이 일률적으로 읽어 내려가는 경우를 자주 접한다. 물론 긴장된 상태에서 연단에서의 경험이 많지 않기 때문에 떨리는 마음을 추스르며 준비해 온 글들을 하나의 톤으로 죽 읽어 내려가는 것에 대해 인간적으로는 이해할 수는 있다. 하지만 청자(聽者)의 입장에서는 대단히 불성실하게 느껴지며, 어떠한 감동과 느낌도 받을 수 없다. 왜냐하면 글 언어가 말 언어는 아니기 때문이다. 글 언어와 말 언어는 결코 같을 수 없다. 글은 읽혀야 하는 것이고, 말은 들려야 하는 것이다.

사실 현대사회에서는 글보다 말의 영향력이 훨씬 높아지고 있다. 아무래도 유튜브 등 영상 메시지의 힘이 대단히 커졌기 때문이다. 다채로운 표현의 말들이 영상을 통해 무수히 공유되고 확산됨으로 인해 말 언어의 영향력은 점점 더 커지고 있는 것이다.

정리하면, 글 언어와 말 언어의 이해와 활용에 있어 가장 중요한 핵심은 글은 잘 읽혀야 하고, 말은 잘 들려야 한다는 것이다. 잘 읽히지 않으면 이해할 수 없듯이 잘 들리지 않으면 말 또한 전혀 무가치한 것이 되기 때문이다.

'낮은 목소리로 말하고 천천히 말하고 너무 많이 말하지 말라.'

- 존 웨인

PART 3

탁월한 리더의
설득스피치!
온몸으로 표현하라

01

말의 내용보다
말의 방식(말투)이 중요하다

미국의 심리학자 존 거트만 교수는 30년 동안 3,000쌍 이상의 부부를 대상으로 대화습관을 연구하였다. 연구결과, 행복한 결혼생활을 영위하는 부부와 이혼할 위기에 처한 부부간 중요한 차이는 대화의 내용보다 부부간 주고받는 대화의 긍정성, 즉 말투에 있음을 밝혀냈다.

같은 말이라도 어떤 방식으로 말하느냐에 따라 듣는 사람의 기분은 달라진다. 퉁명스러운 말투는 냉정한 인상을 주어 거부감이 일고, 공격적으로 말꼬리를 올리는 말투는 싸움을 걸거나 비꼬는 듯한 느낌을 주며, 너무 가르치려는 말투는 잘난 척하는 인상을 주고, 너무 빠르게 주절거리는 말투는 경박한 인상을 주어 신뢰할 수 없게 만든다.

평소에 말 좀 잘한다고 생각하는 사람이 있다면 한번 떠올려 보

자. 혹시 그 이유가 그 사람의 말투 때문은 아니었는가? 상대방의 심기를 건드리지 않으면서도 조근조근 자신의 의사표현을 제대로 하는 사람과 이야기할 때 우리는 대화의 재미를 느낀다.

리더의 설득스피치에서도 말투는 매우 중요하다. 결코 공격적이거나, 경박하거나, 천박하다는 인상을 주어서는 안된다. 리더가 겸손한 말투로 구성원에게 오히려 배우고자 하는 태도로 말한다면, 구성원은 오히려 강한 신뢰를 가지게 된다. 말의 내용이 중요하지만 말을 방식, 즉 말투가 리더의 설득스피치에 있어서 매우 중요한 요소가 되는 것이다.

사실 말투는 오랜 세월 동안 굳어져 온 언어적 습관이어서 문제를 인식하고 있다고 쉽게 고쳐질 수 있는 부분이 아니다. 그리고 처음엔 말투 때문에 상처받았지만, 알고 보니 말투와는 다른 사람이라는 것을 알게 되었다는 평가 때문에 특별히 말투를 고칠 필요성을 느끼지 않는 사람도 더러 있을 것이다.

하지만 냉정하게 생각해 보면 설득스피치에서 '다음'은 없을 수도 있다. 가령 단기적인 비즈니스 관계로 만났다면, 피설득자는 그날 그 자리에서 보이는 설득자의 말투와 방식을 보고 직접적으로 판단하지, 앞으로 볼 수 있을지 없을지 모르는 사람의 숨은 부분까지 궁금해 하지 않기 때문이다.

그러니 말투에 많은 신경을 쓰도록 하자. 긴장이 너무 풀리거나 흥분하면 본인만의 문제적 말투가 나올 수 있으니, 중요한 설득스피치에서 평상심을 유지하되 누군가를 설득해야 하는 상황이란 점을 늘 머릿속에 넣어두자.

사실 가장 좋은 것은 평소에 말투를 신경 쓰고 끊임없이 개선하는 것이다. 즉, 주변인들이 자신의 말투에 대해서 지적하는 사항들을 그냥 흘려듣지 말고 늘 고치도록 노력하자. 한 가지 추천한다면 자신의 말을 직접 녹음해서 들어 보는 방법이 좋다. 목소리의 어색함은 둘째치고라도 "내가 이런 말투를 쓴단 말이야?" 하고 깜짝 놀랄 것이다.

말투와 더불어 목소리의 높낮이와 강약도 설득스피치에서 매우 중요하다. 우선 흥분할 때를 떠올려보라. 목소리의 톤이 나도 모르게 높아지면서 약간 새와 같은 소리가 나오기도 한다. 이런 목소리를 듣기 좋아하는 사람은 아무도 없을 것이다. 듣기에 안 좋을 뿐아니라 도대체 무슨 말을 하고 있는지 제대로 전달되기도 어렵다.

연구결과에 의하면 듣기 좋은 어조와 목소리는 상대에게 강한 신뢰감을 주고 내용의 전달도 잘되어 설득스피치에 상당히 긍정적이라고 한다. 생각해 보면 인기가 많은 영화배우 혹은 연극인들의 경우 매력적인 저음의 맑은 목소리를 가진 사람들이 많은 것이 사실이다.

말투와 더불어 중요한 말의 방식으로는 말의 리듬이 있다. 유명한 정치가나 강연가들의 연설을 떠올려보자. 그들의 말들을 분석해보면, 때로는 어조를 높여 강조하기도 하고 전달하려는 메시지에 따라 목소리의 톤, 말의 빠르기와 강약을 조절한다. 실제로 낮은 어조로 천천히 말하는 것은 설득에 유리하고, 높은 어조로 약간 빠르게 말하는 것은 설득적 어필이나 의견 관철에 유리하다고 한다.

곰곰이 생각해 보면 모든 사람들은 항상 일정한 목소리의 톤으로 말하지 않는다. 감정이나 기분에 따라 목소리의 강약과 속도를 달리한다. TV광고만 보아도 출연자가 낮은 어조로 이야기를 시작했다가 빠르고 경쾌한 어조로 광고를 마무리 짓는다. 중요한 것은 이러한 일종의 리듬감이 소비자들로 하여금 핵심 메시지에 집중하게 만드는 것이다.

따라서 탁월한 설득스피치를 위해 내용과 상황에 따라 목소리의 고저와 강약을 달리할 필요가 있다. 가령 중요한 내용을 강조하거나 긴박감을 조성할 필요가 있을 때에는 목소리 톤을 높여 강하게 이야기하는 편이 좋고, 반대로 메시지를 완결 짓고 마무리 지을 때에는 차분한 어조로 부드럽게 이야기하는 편이 좋다. 물론 특별히 중요한 부분은 힘을 주어 또박또박 말해야 하는 것은 너무도 당연하다.

'가장 곤란한 것은 모든 사람이 생각하지 않고
나오는 대로 말하는 것이다.'

– 알랭 프랑스

02

 ## 말은 사람을 속일 수 있어도
몸은 절대로 속일 수 없다

우리의 몸은 언제나 말을 하고 있다. 심지어 말을 하고 싶지 않다는 의사표현을 위해 무관심한 표정을 짓거나 창밖으로 시선을 향한다. 잠을 잘 때에는 잠자는 모습으로 현재의 상태를 표현하기도 한다. 이렇듯 우리는 한순간도 신체언어에서 벗어날 수 없다. 그러므로 리더가 설득스피치를 할 때면 상대방이 언제나 나의 신체언어를 읽고 있다는 것을 반드시 염두에 두어야 한다.

일반적으로 몸짓과 말이 일치하는 사람은 어떤 상황에서든 보내는 메시지가 일관적이기 때문에 신뢰할 수 있는 사람으로 평가받는다. 반면 말의 내용과 신체언어가 자연스럽게 연결되지 않는 경우가 있다. 특히 어떠한 감정을 숨기려 할 때 상체는 상대적으로 쉽게 조절이 가능하지만 하체는 그러기가 쉽지 않다. 마음속으로는 무시하고 있는 사람과 대화를 나누면서 고개를 끄덕이며 미소 짓는 것은 가능하지만 발은 이미 문 쪽을 향해 있거나, 상대방과 조금이라도 먼 쪽으로 몸을 꼬거나 젖히게 된다. 이렇게 무의식적으로 마음속의 생각과 감정이 몸짓을 통해 표현되는 것이다.

미국 캘리포니아 대학교의 사회심리학과 교수인 앨버트 메라비언은 스피치 커뮤니케이션에 관하여 일련의 연구를 시행했다. 그는 그의 저서 〈침묵의 메시지(Silent Message)〉를 통해 사람 간 커뮤니케이션에는 반드시 세 가지 요소가 있다고 결론 내렸다. 그 세 가지는 말하고자 하는 내용, 목소리 그리고 몸짓이었다.

그리고 위의 세 가지 요소는 스피치를 하는 데 있어 영향력이 각기 달랐는데, 말하는 내용은 7퍼센트, 목소리는 38퍼센트, 몸짓은 55퍼센트였다. 우리가 일반적으로 생각하는 것과는 달리 말하는 내용의 중요도가 가장 낮았고, 오히려 우리가 가볍게 생각해서 의사소통을 할 때 무의식적으로 사용했던 제스처, 표정, 시선 등 몸짓언어가 가장 중요한 요소였다.

결국 메라비언의 연구에 따르면, 어떤 메시지를 전달할 때 내용이 차지하는 중요도는 겨우 7퍼센트에 불과했다. 결혼식장을 떠올려 보자. 흔히 주례사의 말은 잘 귀담아 듣지 않게 된다. 주례자가 아무리 훌륭한 이력을 갖추고 좋은 내용으로 말을 한다고 해도 그다지 귀에 들어오지 않는다. 어떤 강의를 들으러 갔을 때, 꼭 필요한 전문적 내용으로 구성된 강의인 데도 지루하기만 할 뿐 어떤 내용인지 귀에 잘 들어오지 않았던 경험, 누구나 한 번쯤 있을 것이다.

설득스피치도 마찬가지다. 오로지 내용만으로는 상대방에게 메시지를 효과적으로 전달할 수 없다. 아무리 좋은 화법으로 무장을 하고 있다고 한들 상대방이 말하는 내용에 관심을 갖지 않으면 소용이 없다. 따라서 화법보다는 태도와 몸짓에 무게를 둬야 한다.

누군가와 대화를 통해 신뢰를 쌓는 것은 어느 면에서 본다면 화법과 내용이 중요하긴 하다. 하지만 대개의 경우 처음부터 번지르르하게 말만 잘하는 사람보다는 투박하지만 순수하고 진솔한 사람이 더 친근하고 믿을 수 있는 느낌을 준다. 한번 생각해 보자. 뺀질뺀질한 이미지에 현란한 언변만을 늘어놓는 사람이 믿을 만한가, 아니면 사람 냄새 나는 진솔한 이미지에 상대에 대한 관심과 애정을 보이는 사람이 믿을 만한가. 실제로 말솜씨가 화려한 사람보다는 표현은 투박해도 순수하고 진솔해 보이는 사람이 설득에 있어서도 좋은 성과를 거두는 경우를 많이 보게 된다. 사람의 마음이란 누구나 비슷하기 때문이다.

몸짓의 중요성과 관련하여 미국에는 얼굴의 표정만으로 테러범을 잡아내는 기법이 있다고 한다. 관찰에 의한 승객 검사 기법(SPOT)으로, 이 방식은 공항 검색대 등에서 승객들의 표정과 행동 등을 분석, 테러범들을 색출해 내는 방식이다. 테러범들은 엄청난 긴장감으로 특별한 표정을 짓거나 행동을 하게 된다. 예컨대 불안에 싸일 경우 위쪽 눈꺼풀이 올라가고, 화가 나면 턱이 앞으로 튀어나온다. 오랫동안 축적된 데이터와 정밀한 분석에 따라 특수 훈련을 받은 SPOT 요원들은 불안, 초조, 슬픔 등 특별한 감정이 얼굴에 나타난 승객들을 골라내 집중적으로 조사하여 위험한 테러리스트들을 잡아내게 되는 것이다.

한편 영국 뉴캐슬대 심리생리학 연구팀도 바디랭귀지와 관련하여 매우 흥미로운 실험을 진행하였다. 음료수 무인판매대 앞에 '꽃 사진'과 다양한 느낌의 '사람 눈 사진'을 매주 번갈아가며 붙여놓고 판매액을 비교해 본 것이다.

그 결과 꽃보다는 눈 사진을 붙였을 때 돈이 3배나 더 모였다. 연구팀은 특히 의심하거나 노려보는 눈의 사진일 때 모이는 금액이 훨씬 많았다고 밝히며, 단순히 사람 눈 사진을 보고도 나를 보고 있다는 착각과 잠재된 무의식이 판단과 행동에 영향을 주었다고 결론을 내렸다.

참고적으로 사람에게는 다른 개체의 특정한 움직임을 관찰할 때 활성화되는 거울 신경세포(Mirror neuron)가 있다고 한다. 모방과 언어 습득에 중요한 역할을 하는 거울 신경세포는 특정 행동을 직접 수행할 때 뿐 아니라 타인이 동일한 행동을 수행하는 것을 관찰할 때에도 역시 활성화되는 것이다. 즉, 특정 행동에 대한 관찰만으로도 그러한 행동을 수행하는 것과 동일하게 활성화되어 사진 혹은 영상을 보는 것만으로도 유사한 영향력을 경험하게 되는 것이다.

탁월한 설득스피치를 위해 늘 기억하도록 하자. 나의 몸은 이미 많은 것들을 이야기하고 있으며, 말로써 사람을 속일 수는 있어도 몸은 절대로 속일 수 없다.

'무위는 의심과 걱정을 키운다.
반면 행동은 자신감과 용기를 낳는다.'

– 데일 카네기

03

최고의 언어! 바디랭귀지

1950년 미국의 벤자민 프랭클린 대통령은 '먹는 것은 나를 위해 먹되, 입는 것은 남을 위해 입어야 한다.'라고 주장하며 사람들에게 보여지는 모습이 얼마나 큰 영향을 미치는지 강조하였다.

사실 사람들은 시각적인 요소로 많은 것을 판단한다. 걸어오는 모습, 입고 있는 의복의 색깔과 스타일, 표정과 자세 등을 하나하나 직감적으로 판단하여 상대방의 첫 인상을 새기는 것이다. 매우 짧은 시간에 상대방을 파악하고, 입을 여는 즉시 자신의 판단을 확정 짓는다.

연구에 의하면, 인간의 잠재의식은 의식에 비해 약 3만 배 정도 빠르다고 한다. 즉, 인간의 오감인 시각, 청각, 후각, 미각, 촉각 등으로 사물과 현상을 순식간에 파악해 빠르게 직감의 영역으로 넘긴다.

리더는 탁월한 설득스피치를 위해서 자세와 표정, 말투, 몸짓 등 모든 것을 종합해서 준비해야 한다. 이렇게 온몸으로 노력했을 때 훌륭한 설득스피치가 될 수 있는 것이다.

생각해 보면 우리는 평소에 누군가를 설득하거나 의사전달을 위해 단순히 말만 사용하지는 않는다. 즉, 커뮤니케이션하는 과정에서 많은 시각적 요인들이 사용되고 있으며, 이는 분명한 영향력을 미치고 있다. 바로 몸의 언어, 바디랭귀지다.

사실 우리는 평소에 무의식적으로 행하는 몸짓들을 통해 꽤 많은 의미들을 표현한다. 그리고 다양한 몸짓들과 함께 말의 언어를 결합하면 그 효과는 더욱 극대화되는 것이다.

지금까지 설득과 스피치에 관하여 많은 학자와 전문가들이 책과 논문들을 통해 다양한 이론과 원리들을 주장하였다. 하지만 대부분 말의 내용 등 메시지 구성에 대한 것이 주류였다. 분명 전해지는 메시지도 중요하지만, 메시지를 전달할 때의 메신저의 바디랭귀지, 즉 스피커의 표정과 제스처가 훨씬 파급력과 영향력이 크다고 할 수 있다.

젊은 정치인 존 에프 케네디가 대통령 선거에 출마했을 때, 대부분의 사람들은 8년 동안 미국의 부대통령이었던 리처드 닉슨이 압승할 것이라고 예상했다. 하지만 결과는 그 반대였다. 그 반대의 결과를 낳았던 역사적 계기는 바로 미국 대통령 후보들의 TV토론이었다. 1960년 9월 26일에 있었던 두 대통령 후보의 TV 토론은 사람들에게 전해지는 메시지보다 보여지는 메신저의 비언어적 몸짓을 얼마나 중요하게 인식하고 무의식적으로 설득되는지 명확히 보여주었다.

노련한 정치인이었던 리처드 닉슨은 존 에프 케네디의 공격에 대해서 논리적이고 현명하게 대처했지만, TV토론을 하는 내내 표정은 아주 딱딱했고 미소라고는 도저히 찾아볼 수 없었다. 심지어 순간순간 긴장감으로 인하여 식은땀마저 흘리는 모습들을 종종 보여주었다.

그에 반해 존 에프 케네디는 토론 내내 얼굴에 상냥한 미소를 띠고 카메라를 정면으로 바라보면서 시청자들과 지속적으로 시선을 교환했다. 거기에 적절한 순간마다 더해진 풍부한 제스처는 케네디의 인간적 매력을 더욱 돋보이게 했다. 비록 리처드 닉슨처럼 말의 내용들이 논리정연하지는 못했지만, 자연스런 표정과 자신감 있는 몸짓이 매우 진정성 있는 것처럼 보여졌기에 TV를 보았던 많은 유권자들이 그에게 표를 던진 것이다.

물론 존 에프 케네디의 이와 같은 행동들은 미리 다 계산된 전략이었다. 그는 TV토론에 나가기 전, 자신의 친형들 앞에서 TV토론을 할 때 어떤 표정을 지을 것인지, 어떻게 미소를 지을 것인지, 언제 어떤 몸짓을 취할 것인지 등을 치밀하게 연습했다고 한다. 결과적으로 그의 전략은 제대로 맞아 떨어졌고, 결국 그는 대통령 자리에까지 오를 수 있었다.

사실 바디랭귀지는 인간의 가장 오래된 의사소통 수단이라고 할 수 있다. 먼 옛날 문자나 기호, 언어 체계가 없던 시절 우리의 조상들은 몸짓으로 서로 의사를 전달하고 전달받았다. 사람들은 불과 반세기 전만 해도 무성영화 배우들의 몸짓들을 통해 말 한마디 없이도 희로애락(喜怒哀樂)을 느낄 수 있었다.

바디랭귀지는 매우 중요한 우리의 무의식을 대변하기도 한다. 긴장할 때 식은땀을 흘리는 것, 초조할 때 손을 꽉 쥐거나 시계를 자주 보는 것, 거짓말할 때 상대의 눈을 피하는 것 등 자신도 모르게 속마음을 행동으로 표현할 때가 있다. 그래서 속마음인 신체언어를 살피라는 책들도 다양하게 나와 있는 것이다.

리더의 설득과 스피치에서도 다양한 바디랭귀지를 적절하게 잘 섞어서 활용한다면 기대 이상의 효과를 얻을 수 있을 것이라 확신한다.

'말없는 표정에도 소리와 말이 있다.'

- 오비디우스

04

 최고의 설득은 '당신의 삶'이다

탁월한 리더의 말은 입으로 하는 것이 아니라 가슴으로 전하는 것이라고 한다. 즉, 굳이 말하지 않아도 느껴지는 리더의 말! 그러한 말의 설득력은 곧 그의 삶에서 배어 나오는 것이다.

우리의 삶은 사실 한 편의 영화이자 여행이라고 할 수 있다. 특히 평범하지 않은 고난과 역경이 있는 특별한 삶의 이야기는 사람들을 강렬하게 끌어당기는 매력적인 힘이 있다.

고대 철학자 아리스토텔레스가 주장한 수사학에서는 설득을 위한 증거제시 기법의 중요함을 역설하였다. 증거제시의 방식에는 구체적인 증언식과 정의식, 설명식과 예시가 있다. 우선 증언식은 직, 간접적인 개인의 경험을 인용하여 주장하는 것이고, 정의식은 전문적인 용어를 풀어서 규정하는 것이다. 설명식은 계량화된 수치 등을 인용하여 설명하는 것이고, 예시는 실제 혹은 가상의 예를 드는 것이다. 그런데 여기서 가장 강력한 증거제시 기법이 개인적 체험, 즉 '자신의 삶'을 인용한 증언이라는 것이다.

사실 리더의 설득스피치에서 효과적 주장을 위해서는 여러 증거들을 제시해야 하는데, 가장 강력한 것이 '에토스', 즉 메신저 자신의 신뢰성이다. 리더 자신이 설득의 합리적 근거로 충분한 실제 경험을 가지고 있음을 증명할 때 사람들은 자연스럽게 신뢰를 형성하며 공감하게 된다. 결국 리더가 삶으로 증언하고 증거한다면 그 어떤 부정적인 수치와 예시도 감히 당할 재주가 없는 것이다.

물론 일회적인 경험에서 비롯된 극단적 판단만으로 주장하는 내용들을 무조건 일반화 할 수는 없을 것이다. 하지만 의심할 수 없는 다양하고 구체적인 증언의 깊이와 확고한 소신은 영향력 있는 메시지를 만들게 되는 것이다.

특히 리더의 삶이 누구라도 인정할 만한 감동과 감격이 있다면 구성원들의 인식과 행동의 변화에 있어 중요한 동기이자 원천이 되는 것이다.

'정말 훌륭한 사람이다. 나도 저렇게 할 수 있을까?'
'나도 저 사람처럼 한번 도전해 보고 싶다.'

보통의 경우 구성원의 마음을 움직이려면 먼저 진심으로 받아들여야 하는데, 아무리 좋은 말로 주입하려 해도 '리더의 살아온 삶'

이 그렇게 좋아 보이지 않는다면 결코 움직이지 않을 것이다. 무엇보다 '리더의 삶'에 신뢰 혹은 동경이 생겨야 한다. 그래야 움직이기 시작하는 것이다.

한번 생각해 보자. 우리는 통상 누구의 말을 잘 듣는가? 내가 좋아하는 사람의 말을 잘 믿는다. 좋아하는 것의 실체는 무엇인가? 바로 그 사람의 삶의 모습인 것이다. 살아온 과정과 살아가는 삶의 태도를 보고 우리는 좋아하고 믿고 따르게 되는 것이다.

최고의 설득스피치 교본인 성경이야기를 해볼까 한다. 예수는 제자 12명을 두었었다. 그런데 평소 그를 따르던 제자들이 예수가 십자가에서 사형당할 때 아무도 곁에 없었다. 너무도 두려웠기 때문이다. 자신도 죽을 수 있다는 공포가 밀려왔을 것이다. 그런데 놀라운 사실은 예수를 배신하고 숨고 도망가기 바빴던 그들이 마지막 삶에서는 목숨을 걸고 전도를 한다. 스스로 자살한 변절자 가룻 유다를 제외하고 유일하게 끝까지 천수를 누린 사람은 제자 요한밖에 없다. 나머지 10명은 자신의 모든 것을 버리고 땅 끝까지 가서 복음을 전하라는 부활한 예수의 사명을 받고 지역을 정해 죽음을 눈앞에 둔 순간까지 복음을 전하다 대부분 십자가형으로 순교하였다. 왜 그랬을까?

자신들의 스승인 예수가 십자가에서 처절하게 죽어갈 때 무서움에 떨며 도망쳤던 그들이 어떻게 자청하여 X자형 십자가형을 선택할 정도로 목숨을 걸고 세상에 나아가 외칠 수 있었을까?

그것은 바로 그들이 직접 부활한 예수를 본 '증인'들이기 때문이다. 누군가에게 들은 것이 아니라 본인이 직접 눈으로 보았기 때문에 그 어떤 공포스런 위협과 겁박이 있다고 하더라도 예수를 '구세주'로 죽음으로 증거하고 부르짖을 수 있었던 것이다. 이것이 바로 아리스토텔레스의 수사학에서 이야기하는 최고의 증거제시법인 '증언식의 설득'인 것이다.

사람은 경이로운 것들을 체험하는 순간 모든 것이 변한다. 심지어 하나밖에 없는 목숨을 걸고 죽음을 향해서 나아가는 확신과 행동은 바로 기적과 같은 '삶의 체험'에서 비롯된 경우가 많다. 결국 삶의 증거, 곧 '리더의 삶'이 설득스피치의 최고의 무기가 되는 것이다.

조금 생뚱맞은 이야기이지만, 리더로서 말을 너무 잘하려 하지 말자. 중요한 것은 오히려 '당신의 삶'이다. 좀 어눌하여도 삶이 충분히 의미 있고 일관성이 있다면 보통의 사람들은 자연스럽게 귀를 기울이게 된다.

요즘 들어서 정말 안타까운 것이 어느 순간 우리 사회가 즉흥적이고 빠른 결과들만을 원하게 되었다. 그러다 보니 많은 문제들을 직면하게 되는데, 매우 어설프고 가벼운 메시지와 표현들이 난무한다는 것이다. 가령 '아끼면 똥된다(?)', '인생 어차피 한 방이다' 등등.

급할수록 돌아가라는 이야기가 있다. 먼저 리더로서 삶을 온전히 잘 살아내면서 의미 있고 가치 있는 것들을 채워가는 데 열심을 다하자. 리더 스스로 인정할 수 있을 만큼 진중한 삶들을 통해 '귀한 메시지'들을 만들어 갈 수 있다면 그 어떤 설득의 원리보다 강력한 리더십의 도구가 될 것이다.

'가장 효과적인 설득은 제대로 잘 사는 것이다.'

- 안나 비요르크룬드

05

 침묵도 놀라운 설득스피치가 된다

옛 속담에 이런 말이 있다. '말을 배우는 데는 2년이 걸리지만 침묵을 배우는 데는 20년이 걸린다.' 침묵이 말보다 훨씬 어렵다는 의미로 그만큼 중요하지만 쉽게 깨닫기 어렵다는 것이다.

사람들은 일반적으로 말을 잘하는 사람이 설득스피치를 잘할 것이라고 생각한다. 어느 면에서는 맞는 이야기이지만, 어느 부분에서는 틀린 이야기다. 오히려 말주변이 없고 어눌한 사람이 사람들에게 큰 공감을 얻으며 귀한 영향을 미친다. 특히 주변 지인이 큰 불행을 당했을 때 제대로 위로 한 마디 못하는 사람이 말만 번지르르한 사람보다 훨씬 깊은 마음을 가진 진짜 친구일 수 있다.

영국 플리머스 대학에서는 말주변이 없는 사람이 오히려 주변 친구들과 깊은 우정을 나눌 수 있다는 연구결과를 발표했다. 심리학자인 밸런 로페즈 교수는 성인 140명을 대상으로 설문조사를 한

결과 말재간이 좋고 말을 많이 하는 사람이 오히려 의도치 않게 다른 이들을 불쾌하게 만드는 경우가 많으며, 화려하게 말을 하려다가 오히려 뜻이 왜곡돼 사이가 틀어지는 경우가 많다고 주장하였다. 하지만 말주변이 없는 사람들은 겉으로 보았을 때 차가워 보이고 공감능력이 떨어져 보이지만, 친절하고 배려심이 많았다고 밝혔다. 이들은 불필요한 말로 상대의 마음을 오히려 다치게 할 수 있다는 염려로 인하여 오히려 말을 아끼거나 침묵을 택하는 것으로 나타났는데, 밸런 박사는 현대 사회에서 말을 잘하는 사람이 매력적으로 보이기는 하지만, 실은 말수가 적거나 입이 무거운 사람이 더 진국인 경우가 많다는 것을 강조하였다. 가식적이고 현란하기만 한 스피치보다 오히려 침묵이 최고의 설득스피치가 될 수 있다는 것이다.

혹시 미국 오바마 대통령의 '51초 침묵연설'을 들어본 적이 있는가? 이미 그는 연설의 대가로 정평이 나있다. 버락 오바마가 미국의 대통령으로 재임 중이던 2011년 애리조나 주에서 총기난사 사건이 발생해 9세의 소녀 '크리스티나 그린'이 안타깝게 사망하는 일이 있었다.

참으로 어이없는 죽음을 맞게 된 어린 소녀를 추모하기 위해 애리조나를 방문한 오바마 대통령은 추모사를 하는 도중 무려 51초 동안 침묵하였다.

"저는 우리의 민주주의가 크리스티나가 상상한 것과 같았으면 좋겠습니다. 우리 모두는 아이들의 기대에 부응하는 아름다운 나라를 만들기 위해 최선을 다해야 합니다."라고 말한 뒤 감정을 추스리며 무려 51초 동안 연설을 중단하였다. 침묵의 시간 동안 말은 전혀 없었지만, 눈빛과 표정으로 그는 애도의 마음을 진심으로 표하였고, 그러한 침묵의 메시지들이 진한 감동을 전하며 정파를 초월하여 온 국민의 지지를 이끌어내게 되었다. 너무 많은 말들을 감정 없이 나열하기보다 오히려 정직한 감정과 표정으로 표현하는 침묵의 연설이 국민들의 마음을 움직인 것이다.

잊지 말자. 침묵 또한 놀라운 메시지가 되며 최고의 설득스피치를 가능케 한다.

'당신의 침묵을 이해하지 못하는 사람은
당신의 말도 이해하지 못할 가능성이 많다.'

- 엘버트 허버드

06

리더의 주도적인 대화전략

1. 구체적인 숫자를 제시하라

리더의 입장에서 구성원들에게 추상적인 설명보다 구체적인 숫자들을 제시하면 할수록 주도적인 대화를 위한 효과적인 전략이 된다. 왜냐하면 잘 구성된 수치와 근거들은 구성원들에게 더 빨리 그리고 더 쉽게 이해되며, 리더가 의도한 메시지가 분명하게 전달되는 데 도움을 주기 때문이다.

특히 숫자를 시각화하는 차트와 그래프 혹은 예상 가능한 패턴을 레이아웃으로 사용한다면 한눈에 중요한 정보를 전달함으로써 시각적 창조물인 인간의 관심을 끌기에 의미 있는 방법이 될 것이다. 더불어 명확한 색상을 통해 숫자 데이터를 하이라이트하고 강조함으로써 말을 사용하지 않고도 강력한 전달력을 갖추게 함으로써 주도적 대화를 위한 최고의 전략이라고 할 수 있다.

하지만 무엇보다 신뢰할 수 있는 정확한 데이터를 통한 구체적 숫자가 산출되어야 한다. 애매모호하고 객관성이 현저히 떨어지는 수치와 숫자를 제시하게 되면 가장 중요한 관계적 신뢰성을 손상시킴으로써 추후에 주도적 대화는 거의 어려워지기 때문이다.

결국 대화의 맥락에 따라 객관적으로 충분히 신뢰할 만한 구체적인 숫자를 보여줌으로써 주도적 대화에서 지속적인 몰입과 주목을 이끌어 내게 되는 것이다.

물론 과다하게 많은 숫자들을 언급하는 것은 오히려 상대방의 주의를 분산시킬 수 있으며, 혼란과 혼동을 가중시킬 수 있기에 주의 깊게 대화의 목적에 맞도록 적절하게 사용하여야 한다. 정말 필요하고 중요한 주제와 대화의 흐름에 따라 타당한 숫자들을 적용하는 것이야말로 리더에게 주도적 대화를 위한 중요한 전략이 되는 것이다.

> '수치로 측정하지 않으면 관리할 수 없고,
> 관리할 수 없으면 개선시킬 수도 없다.'
> – 피터 드러커

2. 프레이밍(관점전환)을 활용하라

미국 알래스카에서 있었던 일이다. 젊은 부인이 아이를 낳다가 출혈이 심해 안타깝게도 세상을 떠났다. 다행히 아이는 목숨을 건졌다. 홀로 남은 아빠는 아이를 애지중지 키웠다. 아이를 돌봐 줄 유모를 구하려 노력했지만 쉽지 않았다. 남자는 유모 대신 훈련이 잘된 듬직한 개를 구해 아이를 돌보게 했다. 개는 생각보다 똑똑했다.

남자는 안심하고 아이를 둔 채로 외출도 할 수 있었다. 어느 날 남자는 여느 때처럼 개에게 아이를 맡기고 잠시 집을 비우게 되었다. 그런데 뜻밖의 사정이 생겨 그날 늦게서야 집으로 돌아왔다. 남자는 허겁지겁 집으로 들어서며 아이의 이름을 불렀다. 주인의 목소리를 들은 개가 꼬리를 흔들며 밖으로 뛰어나왔다. 그런데 이게 웬일인가. 개의 온몸이 피범벅이었다. 불길한 생각이 들어 남자는 재빨리 방문을 열어보았다. 아이는 보이지 않았고 방바닥과 벽이 온통 핏자국으로 얼룩져 있었다.

남자는 극도로 흥분했다. '내가 없는 사이에 개가 아들을 물어 죽였구나!'라고 생각한 남자는 즉시 총을 꺼내 개를 쏴 죽였다. 바로 그 순간, 방에서 아이의 울음소리가 들려왔다. 화들짝 놀란 남자가 방으로 들어가 보니 침대 구석에 쪼그려 앉은 아이가 울먹이며 자신을 쳐다보고 있었다. 당황한 남자는 밖으로 뛰쳐나와 죽은 개를 살펴보았다. 개의 다리에 맹수에게 물린 이빨 자국이 선명했다. 곧이어 남자는 뒤뜰에서 개한테 물려 죽은 늑대의 시체를 발견했다. '오, 맙소사!' 남자는 자신의 아이를 지키기 위해 늑대와 혈투를 벌인 참으로 충직한 개를 자기 손으로 쏴 죽이고 만 것이다.

하나의 상황 혹은 사건을 어떠한 관점(프레임)으로 바라보느냐에 따라 해석은 완전히 달라지며, 뒤이은 행동 또한 매우 극단적으로 달라질 수 있음을 깨닫게 되는 참으로 안타까운 이야기라고 할 수 있다.

리더의 대화에서도 마찬가지다. 업무상황과 조건에 대해 어떠한 관점, 즉 어떤 프레임(Frame)으로 표현하고 말하느냐에 따라 구성원들은 매우 다른 판단과 선택을 하게 된다, 리더의 주도적 대화전략에서 이러한 다양한 프레임의 활용전략을 '프레이밍(관점전환)'이라고 명명할 수 있다.

프레이밍 대화의 대표적인 예는 '컵에 물이 반이나 남았네! VS 컵에 물이 반밖에 안 남았네!'라고 할 수 있다. 하나의 물 컵을 보고 어떤 관점으로 바라보느냐에 따라 컵과 물에 대한 판단이 변할 수 있는 것이다.

프레이밍 대화의 강력한 두 번째 예는 바로 '담배와 기도'라고 할 수 있다. 담배를 무척 좋아하는 수도사 두 명이 있었다. 그런데 기도 중에는 담배를 피우지 못하니 매우 답답해했다. 그래서 수도사는 신부에게 청을 드려 보기로 하였다. 먼저 한 수도사가 신부를 만나 "신부님, 기도 중에 담배를 피워도 되겠습니까?"라고 물었다. 신부는 "아니, 무슨 말씀을 하는 겁니까? 기도 중에 담배를 피우다니요. 안됩니다."라고 답하였다.

하지만 또 다른 수도사는 신부를 만나 다음과 같이 물었다. "신부님, 담배를 피우는 중에 기도해도 되겠습니까?" 신부는 대답했다. "아주 훌륭한 생각입니다. 언제 어디서나 늘 기도하는 것은 좋은 일입니다."

위의 예화는 대화에서 프레이밍 기법의 중요성을 너무도 확실히 보여주고 있다. 즉, '기도 중 담배'와 '담배 중 기도'가 어떻게 보면 같은 내용이라고 할 수 있지만, 어떤 관점과 틀로 질문하고 대화하느냐에 따라 받아들이는 신부님의 생각과 반응이 완전히 달라진 것이다.

정리하면, 리더의 주도적 대화에서 프레이밍이란 중요한 전략으로서 의도적 관점으로의 효과적인 전환을 의미한다. 즉, 같은 내용이라도 리더가 어떠한 관점을 가지고 말하느냐에 따라 구성원들의 생각과 판단은 확연히 달라질 수 있다는 것이다. 리더가 메시지를 제시하며 긍정의 프레임을 가지고 있느냐 혹은 부정의 프레임을 가지고 있느냐에 따라 구성원들의 인식의 틀이 변하는데, 사실 사람은 늘 합리적 판단을 한다고 생각하지만, 어떤 프레이밍이 활용되는가에 따라 의사결정과 판단의 방향성은 결정적으로 영향을 받게 되는 것이다.

긍정의 프레임과 관련하여 일명 '캐롤의 법칙'이라는 흥미로운 연구결과 하나를 소개할까 한다. 헬싱키 대학의 심리학자 에로넨 교수는 대학생들에게 '캐롤'이라는 이름의 한 평범한 여성이 TV를 시청하는 모습, 그리고 캐롤이 숙제를 해서 교수에게 제출하는 모습이 담긴 만화 두 컷을 보여주면서 "캐롤은 어떤 성향을 가지고 있다고 생각하나요?"라는 직관적인 질문을 던졌고, 긍정적 성향 혹은 부정적 성향 2가지 내에서 대학생 참가자들이 자유롭게 평가하도록 하였다. 연구의 핵심은 자유로운 평가 이후 5년이 지난 뒤 평가에 참가했던 학생들의 삶을 추적해 보는 것이었다. 결과는 놀라웠다. 두 컷의 만화만으로 캐롤을 부정적으로 평가했던 학생들 대부분은 졸업한 뒤 하나같이 불행한 삶을 살고 있었던 반면 캐롤을 긍정적으로 평가했던 학생들은 놀랍게도 대부분 행복한 삶을 만끽하고 있었다.

결국 '캐롤의 법칙'이란 세상의 모든 일과 그 결과들은 본인 스스로가 주어진 상황을 긍정의 프레임으로 바라보느냐, 아니면 부정의 프레임으로 바라보느냐에 따라 극명하게 달라질 수 있음을 말해주는 것이다.

리더의 주도적 대화전략도 이와 마찬가지일 것이다. 부정의 프레임보다는 늘 긍정의프레임으로 구성원과의 대화를 주도적으로 이끌어 갈 수 있는 건강한 프레이밍 리더가 되어야 할 것이다.

> '우리는 똑같이 태어났을지 모르지만,
> 서로 다른 세계관을 지녔다.'
>
> – 세스 고딘

3. 센스 있는 리더의 잡담

리더가 업무적인 대화 이전에 사소하게 던지는 센스있는 '잡담 한마디'가 리더십의 성패를 가를 수 있다고 리더 커뮤니케이션 전문가들은 입을 모아 강조한다. 실제로 미국 대기업에서 리더의 대화술에 관한 직원들의 설문을 받아 보니 탁월한 리더일수록 센스있는 잡담에 매우 능했다고 한다. 즉, 구성원과의 긴장을 완화하고 경계를 허무는 유머러스하며 적절한 센스가 리더에게 반드시 필요하다고 할 수 있는 것이다.

이하에서는 리더의 센스 있는 잡담을 위한 3가지의 방법을 소개하고자 한다.

첫째, 반복되는 인사에 상투적인 문구일지라도 늘 한마디를 덧붙여라. (예: 안녕하세요+상투적 문구)

가령 구성원과 아침에 처음 만날 때나 업무회의를 시작할 때 "안녕하세요? 좋은 아침입니다. 오늘의 패션 포인트는 넥타인 듯합니다. 아주 상큼합니다."라고 이야기하는 것이다.

이렇게 빈번하게 마주하는 구성원들에게 상투적인 문구일지라도 반갑게 인사를 한 후 날씨 혹은 패션에 대해 긍정적인 수다로 시작한다면 본격적인 업무대화를 위한 매우 효과적인 잡담이 될 것이다.

둘째, 구성원에게 평소의 관심과 애정을 표현하라. (예: 돌잔치 등 상

대방에 관한 중요한 정보들을 평소에 취득하고 활용)

엘리베이터 혹은 복도에서 우연히 구성원과 마주쳤을 때 자연스럽게 평소에 취득한 상대방의 중요한 정보를 이야기하는 것이다. 가령 구성원 자녀의 명문학교 입학 혹은 예정된 돌잔치 등에 대한 축하와 함께 좋은 덕담 등을 던지는 것이다. 절대 과하지 않게 늘 관심과 애정을 가지고 있음을 표현할 수 있다면 최고의 잡담이라 할 수 있을 것이다.

셋째, '칭찬'과 '공감'을 아낌없이 건네라.

리더로서 자신의 '올챙이 시절'을 이야기하며 신입사원이나 부하직원들의 고충에 공감만 잘 해줘도 매우 충성도 높은 팔로워들을 가질 수 있다. 더불어 구성원들에게 가장 절실한 것이 있다면 '칭찬 한마디'라고 할 수 있는데, 만일 업무상으로 칭찬할 구석이 없다고 해도 신입직원의 새롭게 바뀐 헤어스타일이라도 칭찬한다면 혹시라도 쌓여있을 응어리의 실타래를 조금은 풀 수 있을 것이다.

무엇보다 공감과 칭찬을 위한 최고의 방법은 다양한 리액션과 맞장구라고 할 수 있다. 특히 맞장구와 더불어 풍부한 감탄사로 반응을 한다면 상대는 더욱 리더의 대화에 몰입할 것이다.

사실 필자가 기억하는 최고의 칭찬 한마디는 신입사원 시절 팀장님의 '역시!'라는 표현이었다. 리더의 기대에 부응하려 노력했고 다행히 좋은 성과를 이끌어 내었을 때, 팀장님의 '역시'라는 감탄사를 활용한 칭찬 한마디는 그 어떤 보상과 비교할 수 없는 최고의 칭찬이었다.

그리고 한번 생각해 보자. 감탄의 칭찬 한마디와 더불어 점심식사 후 들어오는 길에 팀원이 좋아하는 시원한 아이스 아메리카노 한 잔을 가볍게 건넨다면 구성원은 더 할 나위 없는 감동으로 리더에게 깊은 신뢰감을 갖게 될 것이다. 기억하자. 영혼의 칭찬은 무쇠도 녹이는 법이다.

'탁월한 리더는 자신을 따르는 사람들의 자존감을 고양하기 위해 온갖 노력을 다 기울인다.'

- 샘 월튼

07

 사진과 영상을 통한 설득의 힘

    때로는 한 장의 사진, 짧은 영상 하나가 입으로 전하는 수많은 메시지보다 더 강력한 설득의 힘을 발휘하기도 한다. BBC의 유명 저널리스트인 존 심프슨은 '진실을 담은 사진은 동시대의 웅변이 되고, 시간이 흐르면 역사가 된다'고 표현하기도 하였다.

    사실 사진의 가장 큰 특징은 결코 설명하거나 말하지 않는다는 것이다. 세월이 가도 장면과 분위기의 기억이 남듯이 한 장의 사진은 강력한 이미지로서 설득의 증거이자 증언이 된다. 특히 시각적 의미가 분명하면 분명할수록 사진을 보는 사람들의 주목과 몰입을 더욱 강하게 이끌어 낸다.

    먼저 나서서 무엇을, 어떻게 설득하는 것이 아니라 사진을 바라보는 사람들의 인식과 의식이 그들 스스로를 자극하게 만들어 행위와 행동을 다짐하게 만드는 것이다. 오로지 간절한 마음을 보여줄 뿐이며, 그러한 절박함은 그 어떤 연설보다 많은 말을 하게 된다.

반면 영상은 시각적 요소를 입체적으로 구성하여 메시지를 직, 간접적으로 전달한다. 즉, 다양한 음성과 영상들을 통해 설득의 자극을 높여가는 것이다.

지금의 시대는 영상의 시대라고 한다. 실제로 유튜브 등 동영상 콘텐츠의 비중과 역할은 더 더욱 중요해지고 있으며, SNS를 통해 무한 확산하며 사회적으로 큰 영향력을 발휘하고 있다.

미국의 비영리단체 인비저블 칠드런은 우간다에서 수천 명의 민간인을 학살하고 소년병을 조직한 반란군 리더 '조셉 코니'의 만행을 알리기 위해 다큐멘터리 '코니 2012'를 제작하여 2012년 3월 유튜브에 공개적으로 오픈했다. 공유된 영상은 전 세계의 많은 사람들이 코니의 실체를 알 수 있도록 하였으며, 게재 3일 만에 4천만 회의 조회수를 기록하였고, 결과적으로 아프리카 연합과 미국의 특

수 부대가 파견되어 코니 체포 작전에 돌입하게 하는 놀라운 성과를 이끌어 내었다.

또한 나이키 재단은 '걸 이펙트'라는 영상을 제작하여 트위터 등 여러 SNS 매체들을 통해 전격 공개하였다. 이 영상은 조혼이나 10대 임신, 가난으로 위기에 빠진 5천만 명의 12세 미만 여아들의 교육과 건강관리, 경제적 지원의 필요성을 설파하였다. 나이키 재단은 영상 메시지의 구성을 위해 표와 간단한 그림으로 표현하는 인포그래픽스(Infographics) 기법을 활용하였는데, 간결하고도 파격적인 이 영상은 2011년 테드(TED)가 선정한 '가치를 널리 알리는 10개의 광고'에 선정되기도 하였다.

정리하면, 사진과 영상은 인쇄된 활자나 단순한 이미지보다 훨씬 더 다양하게 인간의 오감을 자극하여 설득스피치에 빠른 성과를 거둘 수 있다. 즉, 상대방의 주목을 효과적으로 이끌어 내는 다각적인 설득 메시지의 구성은 탁월한 리더의 설득스피치에 중요한 도구가 될 수 있는 것이다.

> '세상에는 여러 가지 사진이 존재한다.
> 내가 납득할 만한 사진과 그들이 납득할 만한 사진이다.'
>
> – 무명작가

PART 4

질문이
곧 설득이다
}

01

질문의 힘

위대한 과학자 아인슈타인은 인생에서 가장 중요한 것이 있다면 바로 질문을 멈추지 않는 것이라고 하였다. 질문을 통해서 생각을 자극하고 새로운 깨달음을 얻을 수 있다는 것이다

설득의 시작은 말하기가 아니라 듣기라고 할 수 있다. 왜냐하면 상대방의 말을 잘 들음으로써 설득의 귀한 해답을 얻게 되기 때문이다. 제대로 듣기 위해서는 제대로 된 질문이 중요하다. 나무를 잘 베기 위해서는 우선 도끼의 날을 잘 갈아야 하듯 잘 질문하기 위한 끊임없는 노력이 필요하다.

한때 인문학 열풍이 크게 불었다. 사실 인문학은 하나의 질문으로 귀결된다. 바로 '나는 누구인가?'이다. 인간에 대한 '직접적인' 질문이 스스로의 본성과 본질을 성찰하게 함으로써 올바른 인간관과 사회관을 갖게 하는 것이다.

경영학의 구루(Guru) 피터 드러커는 경영자들과의 만남에서 다음과 같은 질문들을 많이 던졌다고 한다.

'무엇을 가치있게 생각하는가?'
'무엇을 위해 존재하는가?'
'왜 일하는가?'
'나는 무엇을 줄 것인가?'

이러한 질문들을 통해 피터 드러커 교수는 경영자들을 직접 가르치고 지도하기보다 경영자 스스로 자기 존재를 깨닫고, 가치를 각인하고, 변화를 일으키게 하는 힘을 갖게 하였던 것이다.

필자의 경우에는 기업체 강연 중 구성원들에게 조직에 대한 감정과 업무 만족도를 진단하기 위해 '행복지수'에 관한 질문을 종종 던진다.

'나의 행복지수는 과연 10점 만점에 몇 점인가?'

대부분의 사람들은 이러한 행복지수에 관한 질문에 처음에는 당황하는 모습을 보인다. 왜냐하면 살면서 단 한 번도 그러한 질문을 받아본 적도, 생각해 본적도 없기 때문이다. 그런데 정말 중요한 것은 처음의 질문보다 후속질문 혹은 확산질문이라고 할 수 있다.

가령 행복지수가 10점 만점에 5점이라고 한다면 아래와 같은 질문들을 이어가는 것이다.

'그런데 행복지수가 왜 5점밖에 안되죠?'
'특별히 그런 이유가 무엇인가요?'
'만일 점수를 높이는 방법이 있다면 어떤 것이 좋을까요?'

이렇게 더 깊고 확산하는 질문들을 이어가는 일명 '질문프로세스'를 지속하다 보면 문제에 대한 심각성을 깨닫고 스스로 해결방안까지 찾을 수 있게 된다. 즉, 단순히 외부에서 주어지는 모범답안이 아닌 각자의 상황에 맞는 지혜로운 해결책들을 질문을 통해 스스로 깨닫게 되는 것이다. 만일 해결안을 찾을 수 없다고 할지라도 자신과의 내밀하고 진중한 대화를 시작할 수 있는 좋은 계기를 하나의 질문이 제공하는 것이다. 사람이란 존재는 너무나 다양하고 복잡하다. 프랑스 작가 생텍쥐페리는 〈어린왕자〉라는 책에서 사람의 마음을 얻는 것에 대해 아래와 같이 표현하였다.

세상에서 가장 어려운 일

"세상에서 가장 어려운 일이 뭔지 아니?"
"흠, 글쎄요. 돈 버는 일? 밥 먹는 일?"

"세상에서 가장 어려운 일은 사람이 사람의 마음을 얻는 일이란다. 각각의 얼굴만큼 다양한 각양각색의 마음을 순간에도 수만 가지의 생각이 떠오르는데, 그 바람 같은 마음이 머물게 한다는 건 정말 어려운 거란다."

-생텍쥐페리의 '어린왕자'중에서

세계 최고의 주식투자가 워렌 버핏은 사람을 알면 주식이 보인다고 이야기하였고, 애플의 창업자인 스티브 잡스는 전 재산을 주고라도 소크라테스를 만날 수 있다면 기꺼이 그렇게 하겠다고 하였다. 왜냐하면 사람을 이해하고 사람의 마음을 얻는 법을 배울 수 있다면 모든 비즈니스에서 반드시 성공할 수 있다고 믿기 때문이다.

그럼, 사람의 마음을 얻는 최고의 방법은 과연 무엇일까? 그것은 바로 사자성어로 '이청득심(吏廳得心)'이라고 할 수 있다. 진심을 다한 경청이 사람의 마음을 얻게 하는 것이다.

여기서 중요한 것은 듣는 척이 아니라 진정으로 귀 기울여 들어야 한다는 것이다. 하지만 정성을 다해 듣는다는 것은 생각보다 쉽지 않다. 특히 자아가 강하면 강할수록 잘 듣기가 힘들다. 누구나 자신만의 사고의 기준이 있고, 오랫동안 최적화된 사유(思惟) 프로세스가 있기 때문이다.

그래서 경청은 이심전심(以心傳心)과 같은 이치로 행해야 한다. 이청득심을 이심전심의 마음으로만 할 수 있다면 공감과 이해의 탁월한 설득이 가능할 것이다.

'내 귀가 나를 만들었다.'

– 칭기즈칸

02

요구보다 욕망!
인간의 욕망을 읽어라

사람은 기본적으로 요구(Position)와 욕망(Interest)을 가지고 있다. 요구는 일종의 '바라는 무엇(what)'으로 공식적이며 외부로 명확히 드러난 '목표'인 반면에 욕망은 요구의 '바라는 이유(why)'로서 내면적인 '목적'이라고 할 수 있다.

즉, 요구보다는 욕망이 인간의 본질이며 본능이라고 할 수 있는데, 대부분의 사람들은 내면의 욕망을 솔직하게 드러내기를 꺼린다. 왜냐하면 인간적인 체면과 주변인들의 시선에 신경을 쓰기 때문이다.

어찌 보면 사람들은 보여지고 싶은 자아와 보여지고 싶지 않은 자아를 함께 가지고 있다. 오죽했으면 '내 속에 내가 너무도 많아'라는 노래도 있지 않은가. 노래의 가사처럼 인간은 양면과 다중적인 본성을 가지고 있다. 정신분석학자인 지그문트 프로이트는 인간의 자아를 '원초자아', '초자아', '자아'로 구분하기도 하였다.

거두절미하고 설득스피치에서 중요한 키(Key)가 있다면 바로 인간의 욕망이다. 인간의 욕망은 사고와 행동의 기준이 되는데, 통상 명분과 실리로 나눌 수 있다. 즉, 한 사람의 생각과 결단을 이끌어내는 중요한 가치방향이 바로 명분과 실리인 것이다.

명분은 도덕적 당위나 정당성으로 정의할 수 있다. 반면 실리는 실제적이고 계량적이며 경제적 수익이라고 할 수 있다. 이러한 명분과 실리는 궁극적으로 설득하고자 하는 상대방에게 가장 중요한 설득의 방향키가 되는 것이다.

즉, 객관적인 근거와 수치적 데이터를 바탕으로 상대방의 타당하고 합리적인 이익과 판단을 도모하였다면 이것은 실리를 강조한 것이라 할 수 있으며, 가슴을 울리는 스토리와 사진 그리고 영상과 같은 시각적인 자료를 통해 정서적인 부분을 자극하고자 하였다면 이것은 명분을 강조한 것이라고 할 수 있다.

여기서 매우 중요한 사항은 설득의 큰 축이 어떤 사람에게는 명분을 강조하고, 어떤 사람에게는 실리를 더 강조함으로써 개인적인 수용도와 납득의 결과가 달라진다는 것이다. 즉, 명분이든 실리든 마치 과녁에 화살을 쏘듯이 상대방의 가치관과 성향에 따라 맞춤형으로 설득스피치가 구성되어야 한다는 것이다.

가령 직장에서 업무에 관한 설득의 과정을 떠올려 보자. 자신이 정말 하고 싶은 일이 있는데 의사결정권이 팀장 혹은 CEO에게 있다고 하자. 그럼 무엇보다 우선 팀장이나 최고결정자의 욕망을 파악하는 것이 아주 중요하다. 그가 명분을 중요시하는 사람인지, 실리를 중요시 하는 사람인지에 따라 설득의 해법과 방향이 달라진다는 것이다.

대부분의 리더들이 자주 실수하는 부분이 구성원의 겉으로만 보이는 공식적인 요구(Position)들만을 가지고 설득을 시도하는 경우가 많다. 반드시 상대방의 욕망에 관한 정보들을 디테일하게 볼 수 있어야 한다. 욕망을 제대로 알아야 설득의 화살을 제대로 날릴 수 있는 것이다.

'인간은 필요로 하는 것보다
더 많이 좋은 것을 갖고자 하는 욕구를 타고났다.'

- 마크 트웨인

03

 ## 모든 사람은 인정을 원한다

독일 철학자 헤겔은 '인간의 삶은 인정투쟁의 역사'라고 이야기 하였다. 다른 사람들의 주목과 인정을 받는 것이 인간의 행동을 지배하는 가장 큰 욕망이라는 것이다. 최근 인스타그램과 페이스북 등 소셜미디어 매체를 통해 자기의 외모와 부를 과시하는 일련의 행위들이 온라인을 통한 '인정투쟁'의 대표적인 예라고 할 수 있다.

인간에게 '인정의 욕망'이 얼마나 강력한지 본인의 지나온 삶들을 돌아보면 쉽게 확인할 수 있다. 학창시절에는 부모님과 선생님 으로부터의 인정, 성인이 되어서는 직장 상사와 동료로부터의 인정 등 긴 인생의 여정이 '인정받기 위한 열심'이었다고도 할 수 있다.

리더의 설득스피치에 있어서도 이러한 인간의 '인정욕망'은 매우 중요한 설득의 요인이자 동기가 된다. 즉, 구성원에 대한 리더의 '인정'은 효과적인 설득스피치를 위해 반드시 필요한 '신뢰형성'의 중요한 전제가 된다. 무엇보다도 조직 내 구성원에게 '인정'이란 조직과 리더로부터 가치 있는 존재가 됨과 동시에 업무적 질책과 해고 등에서 자유로울 수 있는 '심리적 안전감'을 갖게 하는 중요한 척도가 된다. 즉, 구성원이 탁월한 업무수행으로 리더에게 '인정'을 받는다는 것은 조직 안에서 유의미한 기여를 하고 있다는 확신을 갖게 해줌으로써 긍정적인 업무몰입과 조직몰입을 이끌어 내게 되는 것이다.

만약 리더로부터 인정과 존중의 욕구가 결핍되거나 충족되지 않으면 구성원들은 업무적 자존감(self-esteem)이 낮아지거나 열등감을 갖게 된다. 문제는 이러한 구성원의 '인정결핍'이 업무적 무력감과 심리적 불안정을 조장하는데, 급기야 리더의 설득스피치에 대해 부정적인 수용성을 보이며 결국 강한 저항을 하게 만든다고 볼 수 있다. 연구결과에 의하면, 구성원들의 '인정욕구의 결핍'은 퇴사율 혹은 이직율에 영향을 미쳤다. 정리하면, 리더의 설득스피치를 위해 가장 중요한 선결과제는 바로 구성원의 '인정욕망'을 잘 인지하는 것이다. 특히 누구라도 수긍할 수 있는 명확하고 객관적인 인정의 근거는 상대의 자존감을 높이고 신뢰감을 형성하는 데 매우 중요한 역할을 하게 된다. 잊지 말자! 사람은 언제나 인정받고 싶다.

'변화를 향한 첫 번째 단계는 인식하는 것이다. 다음 단계는 인정하는 것이다.'

- 나다니엘 브랜든

04

 리더의 설득스피치! 질문을 연구하라

역대 대통령 중 미국인들에게 가장 존경을 받는 위인인 에이브 러햄 링컨은 자신에게 나무 벨 시간이 여덟 시간 주어진다면 여섯 시간은 도끼를 가는 데 쓰고, 남은 두 시간은 직접 나무를 베는 데 사용하겠다고 이야기하였다. 왜냐하면 나무를 베는 것이 급하다고 해서 무조건 아무 도끼나 들고 덤빈다면 오히려 나무를 베지 못하고 헛수고를 하게 될 것이기 때문이다. 결국 시간이 걸리더라고 도끼의 날을 날카롭게 갈면 갈수록 실제 나무를 베는 시간은 점점 줄어들 것이다.

리더의 설득스피치도 이와 마찬가지다. 구성원이 스스로 납득될 수 있는 탁월한 '질문'의 날을 평소에 잘 갈아놓아야 한다. 상대방의 가슴을 후벼 파는 핵심의 질문들을 고민하고 연구하는 시간이 많아지면 많아질수록 리더의 설득스피치는 더 성공적으로 진행될 수 있다.

지난 20세기에 가장 영향력 있던 지성인 중 한 사람인 알베르트 아인슈타인은 엄청나게 많은 질문을 던진 사람으로 유명하다. 아인슈타인은 원자와 우주라는 거대한 미지의 세계를 탐구하는 데 있어 단순하지만 가장 본질의 질문들을 지속적이고 반복적으로 던졌다고 한다.

'빛보다 빠른 물질이 존재할까?'
'중력은 과연 어떻게 생겼을까?'
'시간이란 무엇인가?'

아인슈타인은 평생의 시간을 이러한 질문들에 답하는 데 보냈고, 그의 답변들은 인류의 문명과 사고의 패러다임을 혁명적으로 바꾸게 되었다. 그는 만약 한 시간 동안 하나의 문제만을 해결해야 한다면 55분 동안은 문제를 정의하기 위한 '질문'에 대한 연구로 보낼 것이며, 나머지 5분 동안은 문제를 해결하기 위한 '답'을 찾는 데 보내겠다고 이야기하였다.

사실 좋은 질문을 위한 능력은 매우 후천적 능력이다. 따라서 우선 질문하는 법을 반드시 배울 필요가 있다. 특히 리더로서 질문에 대한 고민과 연구는 구성원들의 더 많은 창의적 아이디어의 생성과 생각의 가지를 뻗어나가게 하기 때문이다.

리더의 '질문'은 설득스피치에 있어 구성원 스스로 자연스런 성찰과 통찰을 제공하며, 고착화된 관점을 우호적으로 전환시키는 지혜로운 시선과 사유를 가능케 한다. 따라서 리더의 탁월한 설득스피치를 위해서는 무엇보다 그 목적과 본질에 관한 질문에서 시작되어야 한다.

'왜 구성원을 설득하려 하는가?'
'설득의 목적이 반드시 모두에게 필요한 것인가?'
'서로에게 어떤 가치와 의미가 있는 것인가?'

이러한 본질적인 질문들에 대해 우선 리더 스스로가 확신을 가지고 답할 수 있다면 탁월한 설득스피치를 위한 진지한 전개가 잘 진행될 수 있다고 믿는다. 본질에 집중할 때 해답은 쉽게 나올 수 있다.

'강력한 이유는 강력한 행동을 낳는다.'

- 윌리엄 셰익스피어

PART 5

설득의 정석!
3단계 프로세스
(T.A.V)

01

 ## 1단계 _ 신뢰를 형성하라(Trust)

설득에서 가장 중요한 첫 단계는 무엇일까? 바로 신뢰형성이다. 만일 상대방과 어떠한 신뢰도 형성되어 있지 않다면 설득을 위한 시도는 모래성을 쌓듯이 매우 불완전한 행위가 될 수 있는 것이다.

고대 철학자이자 수사학의 아버지인 아리스토텔레스는 신뢰를 얻기 위해서는 무엇보다 설득하는 자의 인품과 성품인 에토스(ethos)가 핵심이라고 주장하였다. 즉, 설득하는 자가 상대방이 충분히 신뢰할 만한 가치가 있는 인물로 판단되었을 때, 가장 중요한 설득의 동인이자 동기가 된다는 것이다.

한번 생각해 보자. 우리는 평소 누구의 말을 잘 듣고 따르는가? 평소 인간적으로 좋아하고 믿을 만한 사람이 이야기하면 상식적으로 납득하기 힘든 기괴한 내용들을 제외하고 순순히 믿음을 갖는 것이 인지상정이다. 즉, 메시지가 아니라 오히려 메신저의 영향력이 크다는 것이다. 결국 사람들은 평소에 평판도 좋고 성품이 믿을 만한 사람을 쉽게 신뢰하는데, 이것이 바로 모든 설득의 수단 중에서 가장 막강한 것이라고 볼 수 있는 것이다.

아리스토텔레스는 평판과 인품을 의미하는 에토스(ethos) 외에도 파토스(pathos)와 로고스(logos)도 설득의 중요한 요인이 된다고 주장하였다. 즉, 설득하는 자, 메신저의 인격과 주변의 평가인 에토스가 설득에 있어 가장 중요하다고 하면, 다음으로 설득하는 자의 심리와 감정인 파토스가 두 번째이며, 설득자의 논리와 논거인 로고스가 세 번째 설득의 요인에 해당한다고 하였다. 에토스와 파토스가 감정적인 방향이라면 로고스는 이성적인 방향이라고 할 수 있다.

참고적으로 '파토스(pathos)'의 어원은 열정(passion)으로 본래 헬라어 '빠스코(pascho)'에서 유래하였다. 빠스코의 원래 어의는 '힘든 일을 겪다'란 뜻이다. 결국 설득하는 자가 직, 간접적으로 힘들게 겪었던 자신의 이야기들을 상대방에게 다양한 감정을 개입하여 스토리텔링으로 전하면 이것이 설득의 중요한 동인이 된다는 것이다. 물론 모든 설득에는 분명히 이성적이고 논리적인 근거도 있어야 한다. 정확한 사실이나 논거를 필요로 하며, 그렇지 않으면 감정적이고 말도 안 되는 소리를 늘어놓는 사람으로 취급되기 쉽다. 하지만 그것도 상대에 대한 신뢰가 있어야 가능하며, 인간적으로 전혀 마음에 들지 않는 상대가 아무리 합리적으로 옳은 주장을 해도 귀에는 잘 들어오지 않는 법이기 때문이다.

다시 한 번 주지하지만, 설득에 있어 가장 중요한 첫 번째 요소는 무엇보다 신뢰형성이다. 하지만 설득에서 또 하나의 강력한 요인이 있다면 설득하는 자의 파토스, 즉 열정적인 자세와 태도라고 할 수 있다. 설득하는 자의 확신과 소신에서 전해지는 열정적인 설득스피치는 사람들에게 쉽게 전이되고 전염되기 때문이다. 메신저의 열정이 메시지의 내용적 힘을 배가(倍加)시키는 것이다.

설득하는 자, 메신저의 열정(passion)은 파토스, 즉 감정적이고 정서적인 부분으로만 이해할 수 있으나 설득의 궁극적인 목표인 비전과 희망을 표현하는 것이며, 설득하는 자와 피설득자 사이의 인식과 행동의 간극을 줄이는 일체화를 도모하게 하는 것이다. 아리스토텔레스는 열정을 '우리를 변화시킴으로써 우리의 판단에 차이를 만들어 내는 것'으로 정의하면서 설득하는 자의 열정의 중요성을 강조하였다.

그런데 중요한 것은, 만약 설득하는 자가 신뢰와 평판이 부정적이고 특별히 인품과 인성에 의한 영향력이 없다면 과연 어떤 방식으로 설득하는 자로서 상대방의 호감을 얻고 신뢰를 구축할 수 있을까? 아래에 해법이 될 만한 좋은 사례를 소개할까 한다.

'하버드 비즈니스 리뷰'에 따르면, 회사에서 능력 있는 임원일수록 직원들에게 적절한 유머를 자주 사용하여 회의 중에 적대감을 해소하고 긴장도를 낮춰 의사소통을 원활하게 한다는 연구결과가 있었다. 미국의 한 대형 식음료회사에 근무하는 스무 명의 남성 임원을 대상으로 한 인터뷰를 통해 밝혀진 바에 따르면, 우선 이 회사 임원의 절반은 성과적으로 뛰어난 임원이었고, 나머지 절반은 평범한 임원이었다고 한다. 연구의 구체적인 방법은 두세 시간 정도 인터뷰를 하면서 임원들의 유머성 발언의 빈도수를 측정하는 것이었는데, 평범한 임원은 시간당 7.5회의 유머성 발언을 한 반면 뛰어난 성과를 내는 임원들은 이보다 두 배 이상 많은 17.8회의 유머성 발언을 하였다고 한다. 놀라운 사실은 이들 임원들의 연봉이 사용한 유머의 횟수와 정비례했다는 것이다. 리더가 유머 감각이 뛰어날수록 월급봉투도 두둑했던 것이다.

세계 1위 헤드헌팅 그룹인 미국 로버트 해프 인터내셔널에서 설문조사한 결과에 따르면, 응답자의 절대 다수인 97퍼센트가 탁월한 전문성을 갖춘 상사보다 직원에게 웃음을 주는 상사를 더 잘 따르는 경향이 있다고 응답하였으며, 한국의 삼성경제연구소가 발표한 보고서에 따르면, '유머가 풍부한 사람을 우선적으로 채용하고 싶다'는 항목에 대해서 설문 참여자 631명 중 50.9퍼센트가 '그렇다', 26.5퍼센트가 '매우 그렇다'고 답했다.

유머(Humor)의 어원은 '인간의 뇌에 흐르는 좋은 액체' 혹은 '물 속에서 움직이는 유연한 성질을 가진 물체'를 지칭하는 것으로 '경직된 분위기를 유연하게 풀어주는 표현이나 요소'라고 정의할 수 있다. 참고적으로 유머(humor)와 개그(gag)의 개념은 서로 다르다고 할 수 있다. 개그는 상대방을 웃기기 위해 끼워 넣는 즉흥적인 대사나 우스개를 뜻하며, 상대방을 웃기는 것이 개그의 유일한 목적이라고 할 수 있다. 하지만 유머는 익살과 해학 등 삶의 희로애락이 적절히 뒤범벅된 익살스러운 농담으로 '감동이 흐른다'고 할 수 있다.

프랑스 가톨릭 사제이자 고생물학자인 테야르 드 샤르댕은 유머는 남을 웃기는 기술이나 농담만을 의미하지 않으며, 유머는 한 사람의 '세계관 문제'라고 이야기하였다. 즉, 유머는 앞에서 왁자지껄 웃다가도 어느 순간 씁쓸한 눈물을 흘리는 것이라는 것이다.

유머는 기본적으로 사람의 마음을 가볍게 하고 긴장을 낮추는 효과가 있다. 소위 익살과 해학으로 사람을 기분 좋게 만드는 활력소이자 윤활유라고 할 수 있는 것이다. 요즘 소개팅이나 미팅 자리에서 인기가 가장 많은 사람은 유머가 있는 사람이다. 물론 모두가 처음에는 잘 생기고 이쁜 사람에게 눈이 가겠지만, 시간이 흐를수록 재치 있는 입담으로 분위기를 부드럽게 이끄는 사람에게 호감이 생긴다. 그 사람과 있으면 긴장하기보다는 편안하고 즐거울 것 같

기 때문이다. 무엇보다 유머를 잘 구사하는 사람은 유쾌하다는 느
낌을 준다. 이야기 듣는 게 즐겁고, 자신도 모르게 몰입하게 되는
것이다.

리더의 설득에서도 부담스러운 게 아니라 재미가 있고 유쾌한
것이어야 한다. 그래야 구성원의 마음이 쉽게 열리기 때문이다. 매
순간 적절한 유머는 어쩌면 설득에 있어 가장 유용하고 중요한 도
구일 수 있다.

'강한 바람이 아닌 따뜻한 태양이 옷을 벗기듯
부드러움이 강함을 이긴다.'

- 유능제강

02

2단계 _ 질문과 경청(Ask)

필자는 핸드폰과 같이 사회생활에 꼭 필요한 물건을 사러 전문 매장에 들어갈 때면 가급적 물어보는 질문이 있다.

"제가 잘 몰라서 그러는데 추천하는 제품이 따로 있나요? 싸게 구매할 수 있는 좋은 방법이 있다면 좀 알려 주세요"

조금은 식상할 수 있는 이 질문에 대부분의 직원들은 친절하게 그리고 솔직하게 좋은 제품과 저렴하게 구매할 수 있는 할인방법 등을 알려준다. 물론 그냥 웃고 넘기는 경우도 있고 얄팍한 상술을 부리는 경우도 있지만, 대부분은 정직하게 이야기해 준다. 왜냐하면 직접적으로 단순하게 물어보았기 때문이다.

나는 정말 모르겠으니 진심으로 도와달라는 자세로 판매자인 상대방에게 질문하면 상대방은 그것을 해결해 주기 위해 대부분 최선을 다해 노력한다. 솔직하고 직접적인 질문이 최고의 고객서비스를 불러오는 것이다.

우리의 삶에서 많은 행동의 결과물들은 우리가 주로 던지는 질문들의 영향을 많이 받는다. 즉, 어떤 질문들을 던지는가와 그 수준에 따라 상대방의 행동에 영향을 미치는 것이다. 솔직한 질문을 던지면 던질수록 더욱 더 정직한 결과들을 얻게 되는 것은 분명한 사실이다.

앞장에서 언급하였지만 설득에 있어서 질문은 매우 중요한 역할을 한다. 무엇보다 질문을 통해 상대방의 요구와 욕망, 그리고 중요한 인식과 가치관 등 핵심의 정보들을 파악하게 된다. 파악된 정보들은 상대방의 설득을 위한 중요한 로드맵이 되는 것이다.

건축가를 예로 들어 보자. 건축가는 실물의 상품이 아닌 아직 존재하지도 않는 물건에 대해 건물주 혹은 투자자를 설득해 계약을 이끌어 내야 한다. 즉, 상상과 생각에 의한 여러 장의 종이 설계서만을 가지고 상대를 설득해야 하는 것이다. 그런데 이러한 무형의 설득이 일상인 건축가에게 질문하는 능력이 부족하다면 다양한 수주를 받기는 어려울 것이다.

"한번 믿고 맡겨주세요. 건물이 완공되면 제 실력을 분명히 아실 겁니다."라고 아무리 주장해도 그러한 말들에 소중한 돈을 투자할 사람은 없기 때문이다.

"어떤 집을 원하세요?"

"왜 건물을 짓고 싶으세요?"

"직접 살고 싶은 건물을 원하십니까? 아니면 투자와 임대를 위한 건물을 원하십니까?"

다양한 질문을 통해 건축주의 목표와 목적을 파악하고 부수적인 조건들을 확인하는 것이다. 그리고 이후 목표와 목적에 맞는, 즉 상대방의 요구와 욕망에 적합한 제안과 설명이 있었을 때, 원활한 계약을 위한 탁월한 설득을 해나갈 수 있는 것이다.

비즈니스 대화에 능숙한 사람은 주로 듣는 것에 익숙한 사람들이다. 하지만 상대방이 중요하게 생각하는 내용들을 듣기 위해서라도 적절한 질문은 반드시 필수다. 질문하는 능력이 뛰어나면 처음 만난 자리에서도 상대방의 생각은 물론 경험과 배경, 앞으로의 목표 등을 쉽게 알 수 있다. 게다가 그 사람이 목표에 다가가는 데 필요한 부수적인 것들까지 다각적으로 파악할 수 있다. 다시 말해 질문 능력이 뛰어나면 상대방과 쉽게 목표와 목적에 공감할 수 있게 되는 것이다. 특히 질문이 흥미롭고 의미가 깊을수록 누구든 자신의 생각을 자연스럽게 풀어놓으려 할 것이다.

세계적인 비즈니스 컨설턴트이자 전문 강사인 브라이언 트레이시는 세계 80여 개 국가들을 여행하면서 아주 중요한 깨달음을 얻었다고 한다. 단 두 개의 동사만 알면 각 나라의 언어를 통하지 않고도 여행하는 데 큰 어려움이 없다는 것이다. 이 신비로운 두 단어는 바로 '부탁합니다'와 '감사합니다'이다.

사실 이 두 단어를 해석하면 요청의 질문과 감사의 답변이라고 할 수 있다. 즉, 무엇인가를 겸손하게 요청하고 그에 대한 보답으로 감사의 마음을 전하는 것이다. 트레이시가 설명하는 요청의 언어는 곧 질문에 해당한다. 간단한 질문으로 요청하면 상대방은 요청에 따라 대답하는데, 결국 질문은 요청을 잘하기 위한 최선의 방법이라고 할 수 있는 것이다.

설득이란 적어도 두 사람 이상이 마주보고 하는 것이다. 그리고 설득대화의 주도권은 말을 많이 하는 사람 쪽으로 기울 것으로 생각되지만, 실상은 오히려 듣는 사람 쪽이 해석력과 주도권을 가지며 상대방의 심리와 욕구를 정확하게 평가하게 된다.

무엇보다 설득에 있어 경청이 중요한 이유는 사람은 언제나 자기 말을 잘 들어주는 상대방에게 긍정적인 호감을 가진다는 것이다. 듣기를 우선하여 즐기는 사람은 자연스레 정보가 많아지고, 정보를 가진 사람은 들어줄 준비가 된 사람에게 한없이 관대해지는 법이다.

설득에 있어 상대방에 관한 정보를 파악하기 위해서는 질문과 더불어 경청이 매우 중요함을 누구나 알고 있다. 하지만 듣는 행위인 '경청'을 제대로 실천하는 사람은 많지 않다. 왜냐하면 일반적으로 사람은 듣기보다 말하기를 좋아하기 때문이다. 다른 사람의 생각이나 주장을 듣고 자신의 행동이 변하는 것보다 자신의 생각이나 주장을 표현하고 상대방이 변화해 주기를 바라는 것이 보통의 인지상정이다.

경청의 중요함에 대하여 '말하는 것은 기술이지만 듣는 것은 예술'이라는 말이 있다. 온 마음을 다해 시선을 맞추고, 고개를 끄덕이는 긍정적인 몸짓을 통해 상대에게 집중하고 있음을 나타내는 것이 훌륭한 경청의 모습이며, 하나의 예술과도 같다는 것이다.

경청은 내가 한 질문에 성실히 답해 주는 상대방에 대한 원초적 보답이라고도 할 수 있는데, 가장 기본적인 경청의 법칙으로 '123 법칙'이라고 있다. 하나를 이야기 했으면, 둘을 듣고, 셋을 맞장구치라는 매우 간결한 경청의 기술을 의미한다.

말하는 것은 지식의 영역이고, 듣는 것은 지혜의 영역이라고 한다. 최선을 다해 들을 수 있다면 이미 훌륭한 인격을 넘어 설득을 위한 놀라운 지혜와 신뢰를 갖게 되는 것이다.

설득을 위해 말을 잘한다는 것은 말을 많이 하는 게 아니라 잘 질문하고, 잘 듣고, 잘 호응해 주는 세 가지 요소들의 균형과 배합임을 결코 잊지 말아야 할 것이다.

'남의 말을 경청하라. 귀가 화근이 되는 경우는 없다.'

— 프랭크 타이거

03

 ## 3단계 _ 가치에 몰입하라(Value)

인간은 이성적이지만 또한 감성적이다. 매우 본능적으로 행동하기도 하지만 매우 합리적으로 판단하기도 한다. 즉, 사람은 처한 상황과 조건에 따라 그때그때 다르게 판단하고 움직인다. 한 가지 확실한 것은 사람마다 본연의 성품과 성격에 따라 지향하며 판단하는 가치기준이 동일하지 않다는 것이다.

누군가가 자동차를 사려 한다고 가정해 보자. 어떤 점을 가장 중점적으로 고민할까? 디자인? 브랜드? 이런 것들은 인간에게 있어 감성적 판단의 영역이라고 할 수 있다. 반면 가격? 연비? 이런 것들은 이성적 판단의 영역이라고 할 수 있다. 그럼 사람들은 과연 둘 중 어떤 영역과 어떤 요인들에 의해 판단과 결정을 내릴까? 사실 명확한 기준이 없다. 하지만 남자냐 여자냐, 젊은이인가 노인인가, 외국인인가 한국인인가에 따라 조금씩 달라졌다. 무엇보다 놀라운 사실 한 가지는 매우 논리적일 것 같은 인간이 결정적으로 어떤 판단과 계약을 결정할 때 다분히 감정적으로도 한다는 것이다. 특히 상대하는 사람과 장소의 분위기에 따라 매우 영향을 많이 받았다.

납득하기 어려운가? 그럼 자신이 겪었던 과거의 경험들을 떠올리며 생각해 보자. 분명히 원하는 물건이 있어 방문한 가게에서 그냥 사서 바로 나오면 되는데 무슨 이유에서인지 애초의 목적을 뒤로 하고 그냥 돌아서 나온 적이 없는가? 예를 들어 핸드폰 기종을 이미 사전에 결정하고 핸드폰 가게에 들어갔는데 불편한 마음으로 돌아서 나온 일이 분명히 있었을 것이다. 핸드폰이 아니라면 다른 그 어떤 물건일수도 있겠다. 아무튼 필자는 그런 경우가 왕왕 있었다. 과연 왜일까? 분명히 원하는 물건이 있었는데 굳이 사지 않고 나온 이유가 무엇일까? 분명 제품도 가격도 전부 마음에 들었는데 왜 그냥 나왔을까?

필자의 경우에는 물건의 문제가 아니라 물건에 대한 메시지를 전하는 사람, 즉 매장의 판매직원이 나의 마음을 불편하게 하였을 때 그냥 돌아서 나온 적이 왕왕 있다. 가령 판매직원이 건방진 태도를 보인다거나 심히 교만한 자세를 보일 때이다.

인간에게는 본인만의 중요한 신념과 가치가 있다. 그래서 물건을 사는 데 있어서도 이러한 고유의 가치체계가 움직인다는 것이다. 아무리 제품이 좋아도 설명하는 사람이 신뢰할 수 없고 불편하게 하면 아무리 제품이 마음에 들어도 그냥 돌아서 나오게 된다. 그냥 기분이 나빠서다. 대단히 큰 이유가 있어서는 결코 아니다.

사람들의 대부분의 결정들은 이성적일 것 같지만, 거의 감정적으로 이루어지는 경우가 많다. 다만 감정적으로 결정한 것을 논리적으로 정당화할 뿐이다. 즉, 결정의 행동을 자발적으로 합리화하는 데 있어 합당한 사유를 결정 이후에 스스로 찾아내는 것이다. 그 유명한 인지부조화 현상인 것이다. '인지부조화'란 사회심리학자 페스틴저(L. Festinger)에 의해 제시된 이론으로 사람은 자신의 행위나 태도 등에 있어 일관성을 유지하려 한다는 것이다. 즉, 개인의 행동이나 믿음 등의 일관됨을 지속하기 위해서 특정한 행동을 합리화하려 한다는 것이다. 가령 흡연자가 자신의 흡연 행위를 정당화하려는 태도변화가 그 예가 될 수 있다.

거두절미하고 모든 상품에는 가격을 형성하는 가치가 있듯 사람들 각자에게도 개별적인 핵심가치라는 것이 있다. 만일 설득하는 자가 피설득자의 중요한 핵심가치를 잘 찾아내고 그것에 올곧이 몰입하게 만든다면 설득은 매우 용이해진다. 왜냐하면 사람은 누구나 자신만의 핵심 가치로 행동의 기준과 판단의 방향을 정하기 때문이다.

여기서 잠깐 가치의 몰입으로 설득을 하게 된 필자의 첫째 딸과의 이야기를 해볼까 한다. 필자의 큰딸은 여성 장군이라는 큰 포부를 가지고 육군사관학교 진학을 위해 재수까지 하였지만, 아쉽게도 불합격하여 일반대학 진학으로 방향을 틀었다. 정시로 3개의 대학에 지원했는데, 공교롭게도 너무 안정적으로 지원했는지 모두 합격을 하였다. 다만 문제는 지원하는 학과들의 차이였다. 원래 정치외교학을 전공하여 ROTC 혹은 학사장교의 비전을 품었었는데, 2020년 1월 시작된 코로나 펜데믹 사태를 겪으면서 많은 이들에게 목숨을 걸고 치료하는 감동적인 모습을 보여주었던 의료인, 특히 간호사분들에게 큰 감동을 받은 것이다. 그들을 지켜보면서 딸의 인생에 단 한 번도 생각해 보지 않았던 간호사로서의 비전을 갖게 된 것이다. 그런데 문제는 문과와 이과의 차이, 학교의 수준(Leve)차이는 그렇다 치더라도 합격한 과들의 성격이 달라도 너무도 달라 무척이나 고심을 하게 된 것이다. 즉, 원래 계획하고 나름 인지도가 있는 학교의 정치외교학과로 진학하느냐, 아니면 평소 생각해 보지 못했지만 의료인의 비전으로 마음을 움직이는 간호학과로 가느냐.

약 1주일간 고민하고 결정할 시간이 주어졌는데, 자고 일어나면 결정이 바뀌는 혼돈의 상황이 지속되었다. 코로나19 사태가 아니었다면 생각해 보지 않았을 간호학과, 그리고 오랜 시간 군장교를 꿈꾸며 준비해 왔던 정치외교학과 중 어떤 과로 진로를 결정해야 향후에 후회가 없을 것인가.

필자는 자녀진로를 포함해 개인적으로 모든 결정은 제3자의 조정과 개입 없이 최종 결정은 당사자 스스로가 해야 한다고 생각한다. 그래야 미래에 있을 내적 갈등을 줄일 수 있고, 예상치 못한 장애물들을 극복할 책임감도 가지게 되기 때문이다. 아무튼 저자의 딸은 최종적으로 등록금 납부 3시간 전 '정치외교학과'로 진로를 결정하겠다고 알려 왔다. 하지만 필자는 왠지 딸의 결정에 확신이 느껴지지 않았다. 계속되는 결정의 번복과 고민의 반복 속에서 심한 피로감을 느낀 듯하였다. 대부분의 사람들은 앞에서도 잠시 언급하였던 '인지적 구두쇠'의 본성을 가지고 있기 때문에 선택을 위한 고민의 시간이 길어지면 피로감으로 인해 생각하기가 그냥 싫어진다. 급기야 중요한 결정에 있어 시간적 압박과 스트레스로 인해 모호하고 애매한 자포자기식 결정들이 우리 삶에 많은 것이 사실이다. 그냥 될 대로 되라는 식으로 던지는 것이다.

딸의 인생에 있어 매우 중요한 진로가 정해지는 가장 큰 선택이 냉철하지 못하고 완전하게 정리되지 못한 '인지적 구두쇠'적인 결정이 될 수도 있겠다는 생각에 직업병(?)이 발동하여 자연스럽게 개입을 하게 되었다. 이런 경우에는 본인 스스로 충분한 납득을 위해서 가장 근본적인 가치지향적 질문을 해보는 것이 좋다. 우선 딸에게 선택의 본질을 향한 몇 가지 질문들을 던졌다.

"그냥 아무 생각 없이 어느 과가 가슴이 더 떨리니?"

"둘 다 50대 50으로 똑 같아요. 사실 결정하기가 너무 힘들었어요."

"좋아. 그럼, 하나만 묻자. 너는 살면서 언제가 가장 기쁘고 행복하니?"

"음, 누군가 도와줄 때요."

"그럼, 정치외교학과를 나와서 도와줄 수 있는 영역과 간호학과를 나와서 도와줄 수 있는 영역이 매우 다를 텐데 어떻게 보니?"

"아무래도 정치학과는 간접적인 느낌이고 간호학과는 직접적인 느낌이죠."

"좋아. 그럼, 너는 직접적인 것이 좋으니, 아니면 간접적인 것이 좋으니?"

"아무래도 직접적인 것이 좋죠. 사실 정확한 답을 요구하는 이과적 성향과 기질도 있는 것 같고..."

"그럼, 이미 네 안의 답은 정해졌다고 생각되는데 어떠니?"

(오랜 침묵…)

"아빠! 아무래도 간호학과가 좋을 듯싶네요."

최종 등록금 납부 1시간 전에 진로결정이 마지막으로 바뀌었다. 현재 필자의 딸은 공부가 정말 힘들다고 토로하지만, 적어도 즐겁게 간호학을 공부하고 있다고 확신한다.

중요한 결정을 위해 그리고 상대를 설득하기 위해 반드시 1순위가 되어야 하는 것은 상대방의 내면적 가치 혹은 핵심가치다. 기업에도 핵심가치(Core Value)가 있듯 사람에게도 분명한 가치순위가 있다. 설득을 하는 데 있어 내면적 가치를 찾아내고, 그 가치에 충실하고 몰입하여 스스로 납득될 수 있도록 하는 것이 설득의 가장 중요한 요소라고 할 수 있는 것이다.

'타인의 가치를 인정하라. 그리하면 당신도 인정받을 수 있다.'

– 머피

PART 6

비대면
커뮤니케이션과
설득스피치

01

 비대면 커뮤니케이션의 이해

전 세계적인 코로나19 사태로 인해 사회적 거리두기 이슈가 생기면서 급작스럽게 비대면 커뮤니케이션 활용에 대해 조직과 기업에서 많은 고민이 시작되었다. 하지만 생각해 보면 코로나 바이러스의 등장만으로 비대면 커뮤니케이션에 관한 선호도와 관점이 변했다고 할 수는 없을 것이다.

지금까지 대면 커뮤니케이션의 중요성 여부와 상관없이 전 세계적인 코로나 펜데믹이 대면에서 비대면 커뮤니케이션으로의 대세적 흐름의 결정적 계기가 된 것은 맞지만, 결국에는 흘러가야 할 자연스런 현상이라고 대부분의 커뮤니케이션 전문가들은 이야기한다. 왜냐하면 사회적 재난과 전염병 등 외부적인 영향을 받지 않는 원활한 비즈니스 전개를 위해 비대면 커뮤니케이션의 필요성은 계속해서 커졌기 때문이다.

대면 커뮤니케이션과 비대면 커뮤니케이션의 결정적인 차이는 오프라인과 온라인, 아날로그와 디지털 커뮤니케이션의 차이도 있겠지만, 무엇보다 대면의 '기억'과 비대면의 '기록'이라고 할 수 있다.

즉, 대면 커뮤니케이션은 대부분 1인 혹은 소수의 오프라인 커뮤니케이션으로, 상호간의 메시지들이 매체에 의해 기록되기보다는 사람에 의해 기억되고 전달되며, 다분히 휘발성의 특징을 가지고 있다고 할 수 있다. 그러나 비대면 커뮤니케이션은 특별한 인원의 제한 없이 사람의 기억이 아닌 디지털 매체와 텍스트들에 의해 기록되고 전달될 수 있다는 중요한 특징이 있다.

즉, 비대면 커뮤니케이션의 최대 장점은 대면 커뮤니케이션에 비해 시간과 비용에 있어 탁월한 경제성이며, 디지털 도구를 활용하여 중요한 핵심 내용들을 매우 효과적으로 전달하고 공유할 수 있다는 것이다. 그러나 최대의 단점은 혹시나 일어날 수 있는 언어적 실수 등이 영상과 음성으로 영구적으로 기록될 수 있는 상시적 리스크와 문자적 메시지에 의한 왜곡의 발생 등 온라인 상호작용에서 비롯된 불안정성이 있다고 할 수 있다.

필자는 2021년 연말 우연히 만난 지인 강사로부터 카카오TV의 웹예능 프로그램인 '톡이나 할까?'에 대해 처음 듣게 되었다. 매우 충격을 받은 것이, 대면 인터뷰라는 기존의 통념을 깨고 프로그램 내내 바로 앞자리에 사람을 두고 톡으로만 인터뷰를 한다는 것이었다. 순전히 1:1 카톡으로 대화를 진행하는 컨셉인데, 런칭 3개월 만에 누적 조회수 5천만 뷰를 달성하였다. 중요한 사실은 상호간 커뮤니케이션에서 문자만으로도 훌륭하게 인터뷰가 진행되었다는 것이다. 각계각층의 인사들과 솔직하고 유쾌한 톡만으로 시청자들의 공감과 인기를 얻었는데, 정말 말 한마디 없이 톡으로만 다양한 감정들과 묘한 긴장감을 섬세하게 표현함으로써 말보다는 카카오톡 대화를 편하게 생각하는 현대인들의 취향을 제대로 보여 주었다.

특히 초대 게스트들이 카카오톡으로 답장을 받는 순간에 다양한 표정과 감동의 느낌들을 사랑스럽게 보여줌으로써 시청자로 하여금 감탄이 절로 나오게 하는 매력적인 포맷의 프로그램이었다. 음성이 아닌 오로지 카카오톡으로만 진행되는 독특한 인터뷰 형식은 텍스트에 담기는 미묘한 감정 변화와 긴장감들이 오로지 활자만으로도 충분히 전달될 수 있음을 여실히 보여 주었다.

2022년 1월 현재 전 세계적인 코로나 전염병 사태의 확산으로 효과적인 비즈니스 커뮤니케이션을 위한 비대면의 디지털 전환과 언택팅 커뮤니케이션이 가속화되고 있다. 솔직히 그동안 기업과 조직의 구성원들 입장에서는 대면 커뮤니케이션으로 인해 개인적이고 사회적인 에너지가 많이 소모된 것이 사실이다. 그리고 비대면, 특히 활자 커뮤니케이션으로 인해 대면에서는 쉽게 확인할 수 없었던 상대방의 업무역량과 실력들이 확연히 잘 드러나게 되었다.

무엇보다 우리가 중요하게 생각해야 할 것은 지금까지 리더의 설득스피치에 관해 직접 만나서 대화하는 것이 가장 효과적이라는 믿음에 큰 변화가 오기 시작했다는 것이다. 대면하지 않고도 비대면과 디지털 커뮤니케이션만으로 설득과 스피치가 가능한 놀라운 현실이 된 것이다. 특히 리더의 역량으로 완성된 업무 제안서와 이메일, 카카오톡의 활자들은 더욱 쉽고 투명하게 구성원과의 설득 커뮤니케이션을 가능하게 하였다.

이제 단순하게 정해진 틀 안에서 정보만을 주고받던 것을 넘어서서 얼굴을 보지 않고도 탁월한 활자 커뮤니케이션을 통한 설득을 위한 콘텐츠가 충분히 구성될 수 있다. 따라서 '영혼 없이 쓴 무가치한 텍스트'들은 리더의 비대면 설득에 큰 장애가 될 수 있음을 반드시 인식해야 할 것이다.

'시도하지 않은 슛은 100% 빗나간다.'

– 웨인 그레츠키

02

 음성기반 비대면 커뮤니케이션

코로나 사태가 촉진한 비대면 커뮤니케이션을 위한 툴(Tool)은 크게 활자와 음성으로 나눌 수 있고, 음성기반 비대면 커뮤니케이션의 대표는 전화라고 할 수 있다.

전화, 즉 텔레커뮤니케이션은 대면과는 다르게 상대방의 표정을 전혀 볼 수 없기 때문에 말의 뉘앙스 등 다양한 맥락적 정보들이 중요하다. 즉, 음성을 통해 훨씬 명확하고 단순하게 메시지를 표현해야 하는 등 커뮤니케이션을 위해 세심한 주의를 요한다고 할 수 있다.

무엇보다 음성을 통한 비대면 커뮤니케이션은 사전에 목적을 분명히 구분하여 시도하여야 한다. 즉, 음성을 통한 커뮤니케이션이 상대방에게 정보전달을 위한 것인지, 아니면 가치전달을 통해 상대방의 결단과 결정을 독려하기 위한 것인지 그 목적에 따라 텔레커뮤니케이션의 방향이 달라진다고 할 수 있다. 즉, 정보전달의 경우에는 객관적 근거와 다양한 공적 데이터들을 활용하여 커뮤니케이션 한다고 하면, 가치전달의 경우에는 공감할 수 있는 개인적 가치와 사례들을 활용하여 커뮤니케이션 하는 것이다.

전화에 의한 음성기반 커뮤니케이션은 실제 대면 커뮤니케이션과 가장 유사한 '실재감'으로 가장 효과적인 비대면 커뮤니케이션 도구라고 할 수 있다. 참고적으로 기업에서 대표적인 음성기반 커뮤니케이션 도구인 전화는 유선전화와 휴대전화로 나눌 수 있는데, 다수의 연구결과에 의하면 조직 내 유선전화는 공식적인 미팅이나 업무적 커뮤니케이션을 위해 많이 활용되었고, 실제 대면에서의 상황처럼 상호 간 인정과 존중에 대해 즉각적으로 반응을 할 수 있다는 심리적 강점이 있는 것으로 조사되었다. 또한 대면 커뮤니케이션과 유사하게 전달하는 메시지에 대해 피드백의 즉시성이 가능하다는 긍정적 평가가 있었다.

반면 조직 내 휴대전화는 업무 중에라도 손에 들고 업무 외 공간으로의 이동이 가능한 '용이성'과 '이동성'을 가졌다는 측면에서 구성원들에게 그 장점이 강하게 인식되었고, 또한 업무 외 사적인 잡담이나 안부 교환, 약속잡기의 목적에 걸쳐 다양하게 활용하고 있는 것으로 조사되었다.

'한쪽 문이 닫히면 또 다른 문이 열린다.'

– 알렉산더 그레이엄 벨

03

 텍스트 기반 비대면 커뮤니케이션

　조직 내 업무진행을 위한 비대면 커뮤니케이션 상황에서 더욱 중요해지는 리더의 역량 중 하나는 바로 텍스트의 구성 혹은 글쓰기라고 할 수 있다. 즉, 리더의 비대면 설득스피치를 위해서는 '글쓰기 역량'이 아주 중요한 요소인 것이다.

　대면 커뮤니케이션 상황에서 리더의 설득스피치를 위해 말과 메시지들을 어떻게 구성하는가는 본능적이고 감각적인 것이 아니라 평소에 생각의 깊이를 잘 기록하고 글로서 정리하는 태도에 의해 결정된다고 할 수 있다. 즉, 상대에게 잘 들리고 설득력 있는 말이란 잘 정돈된 문장력을 바탕으로 하는 것이다. 실제로 설득스피치를 잘하는 리더들의 말을 글로 옮겨보면 주어와 목적어, 서술어가 명확하고 매력적인 문장의 형태를 띠는 경우가 많다.

　결국 비대면 커뮤니케이션 상황에서도 리더의 설득스피치 역량을 키우는 데 가장 중요한 선결과제는 바로 텍스트 작성 역량이라고 할 수 있다. 텍스트로 리더의 생각을 표현해 보고, 그 텍스트들을 수정하고 다듬는 과정을 반복적으로 하다 보면 설득스피치에 관한 통찰력과 언어적 감각을 키울 수 있을 것이다.

참고적으로 텍스트에 의한 리더의 설득스피치 역량향상을 위해 다음 3가지를 기억하고 연습할 것을 추천한다.

첫째, 간결하지만 임팩트 있는 글을 쓰도록 노력하는 것이다. 특히 상대방이 되도록 알기 쉽고 호기심을 유발하는 텍스트라면 더욱 좋다.

둘째, 상대방의 전반적인 상황에 대한 이해를 기반으로 축약적이고 배려하는 표현을 텍스트로 구성하려고 노력하는 것이다. 즉, 메시지의 구성에 있어 평소에 상대를 충분히 배려하여 쉽게 공감할 수 있는 용어와 단어들을 선택한다면 더욱 효과적인 설득스피치가 가능해지는 것이다.

셋째, 상대에게 맞춤형으로 메시지를 작성하려고 노력하는 것이다. 특히 구성원이 리더의 메시지에 왜 귀를 기울여야 하는지 기질과 성향에 따라 글쓰기 표현을 달리하는 것이 필요하다. 가령 자기주도성이 많은 구성원의 경우 직접적이고 결론적인 표현이 좋겠지만, 안정적이고 신중한 유형의 경우에는 사전에 구체적이고 분명한 상황과 조건을 텍스트로 전한 후 자연스럽게 중요한 본 메시지를 전하는 형태가 좋다.

　미국 하버드 대학에서는 입학하는 모든 학생이 들어야 하는 과목이 바로 '글쓰기'라고 한다. 사실 설득 커뮤니케이션뿐만이 아니라 비즈니스 전반을 위해서라도 필요한 것이 글쓰기라고 할 수 있는데, 하버드 졸업생의 약 90%가 사회생활에 가장 도움이 되었던 수업으로 바로 '글쓰기' 과목을 꼽았다고 한다. 이렇게 글쓰기를 중요하게 여기는 이유에 대해 그들은 '좋은 생각에는 반드시 좋은 글쓰기가 필요하기 때문이다'라고 답하였다.

　텍스트 기반 비대면 커뮤니케이션 상황에서 탁월한 리더의 설득 스피치를 위한 첫 번째 과제는 바로 '글쓰기 역량'의 계발과 향상이라고 할 수 있다.

'최고의 글쓰기는 결국 엉덩이와의 싸움이다.'

– 게일 카슨 레빈

PART 7

말 안 듣는
구성원에게
잘 통하는 설득심리

01

 ## 손실회피의 심리

사람의 행동을 유발하는 동기와 관련하여 책의 앞부분에서 언급하였듯이 사람은 판단과 선택에 있어 두 가지 동기를 따른다. 바로 회피동기와 접근동기인데, 이 두 가지 동기 중 인간에게 더 강력한 것이 회피동기라고 한다. 즉, 무엇을 얻고자 하는 접근동기보다 현재 가진 것을 잃고 싶지 않은 회피동기가 훨씬 강하다는 것이다. 주식투자를 예로 들면 명확히 이해가 갈 것이다.

가령 갑자기 급전이 필요하게 되었다면 주식으로 투자한 종목 중 상승한 종목과 하락한 종목 중 어떤 종목을 우선 매도해야 하겠는가? 필자도 마찬가지이지만 대부분 오른 종목들을 우선 매도하려 할 것이다. 왜 그럴까? 손실 난 종목을 팔면 수익이 마이너스가 되는데 그것이 너무도 싫은 것이다. 사실 진짜 투자고수들은 내린

종목을 우선 매도한다고 한다. 왜냐하면 상승하는 종목은 계속 상승할 확률이 높으며, 하락하는 종목은 계속 하락할 확률이 높기 때문이다. 이는 가장 보편적인 주식 투자의 정석이다.

필자는 증권회사에 잠시 몸 담았던 적이 있다. 그래서 급전이 필요하면 머리로는 하락하는 종목을 팔아야 한다고 이미 알고 있는데, 손가락은 가격이 오른 종목 중에서 매도할 것을 늘 고른다. 몸과 마음이 완전히 따로 노는 것이다. 이익실현은 좋은데 손실 보는 것은 너무도 싫은 인간의 지극히 자연스런 모습이 설득에서도 매우 중요한 심리로 작용한다. 바로 손실회피의 심리다.

어린 시절 엄마 손을 잡고 재래시장을 자주 가곤 했다. 아무래도 집에서 막내이기도 했고 다섯 형제 중에서 제일 말도 잘 듣고 해서 늘 데리고 가셨는데, 동네시장에 가면 자주 듣던 상인들의 외침이 아직도 귓가에 생생하다.

'날이면 날마다 오는 것이 아냐~'
'완전 떨이 떨이~ 오늘이 지나면 다시는 못 만날 환상적인 가격과 물건들~'

온 동네 아줌마들이 가게 앞에 모여들고 전쟁터를 방불케하는 구매전투(?)가 끝나면 엄마와 필자는 의기양양한 모습으로 떨이 물건들을 잔뜩 사들고 집으로 돌아오곤 하였다. 지금 생각해 보면 세상에서 제일 싼 가격에 오늘 하루만 판매한다는 상인들의 놀라운 설득(?)에 속아 신나게 물건을 고르던 모습들이 어렴풋하게 생각이 난다.

여기서 상인들의 너무도 뻔한 상술의 설득 키워드는 무엇이었을까? 바로 '오늘만'이었다. 오늘이 지나면 절대 이 가격에 이 물건을 살 수 없다는 말에 상품의 현실적 필요성과 상관없이 바로 손실회피를 위한 희소성이 부각되었던 것이다. 물건은 언제든 살 수 있겠지만 결코 다시 못 만날 '오늘만'의 가격이기에 자연스럽게 인간의 회피심리가 자극된 것이다. '오늘만'의 가격으로 물건을 구매함으로써 미래의 예정된 손실을 절대 당하고 싶지 않은 것이다.

손실회피의 심리를 자극하는 대표적인 사례들은 TV홈쇼핑에서 자주 볼 수 있다. 아래와 같이 다들 한두 번 정도 쇼호스트들의 강력한 설득스피치를 들어보았을 것이다.

"앞으로 다시는 이런 가격에 만나보기 힘드십니다. 진짜 돈 버시는 겁니다."
"절대 후회하지 않을 가격! 지금 바로 주문하세요!"

손실회피 심리를 머리로는 잘 이해하고 있는 필자이지만, 오늘도 그렇게 쇼호스트의 현란한 설득에 주문전화를 누르게 된다. 왜냐하면 이런 좋은 가격은 미래에 만나기 힘들다고 하니까 머릿속으로는 절대 설득당하면 안된다고 외치고 있지만, 정작 손가락은 따라주지 않는다.

손실회피의 심리! 한국인들에게 매우 강력한 설득의 동인이 되는 것이다.

'누구나 그럴싸한 계획을 가지고 있다. 한 대 쳐맞기 전까지는.'

— 마이크 타이슨

02

 ## 다수 동조화 심리

아프리카 사막에 가면 '스프링 벅'이라는 사슴같이 생긴 뿔 달린 동물이 있다. 그런데 푸른 초원에서 무리를 지어 한가롭게 풀을 뜯고 있다가 갑자기 한 마리가 달리기 시작하면 모든 무리들이 뒤를 따라 달려간다고 한다. 뒤따르는 무리는 왜 뛰는지, 어디로 뛰는지도 모르고 무조건 따라간다. 그렇게 달리다가 절벽을 만나게 되면 맨 앞의 스프링 벅이 정지하더라도 뒤 따라오던 무리의 힘에 밀려 차례로, 수십 마리가 모두 절벽 아래로 떨어져 죽고 만다. 이렇게 다수의 힘은 생각보다 무섭다.

사실 우리도 '스프링 벅'과 같이 평소 다른 사람들의 움직임에 따라 생각과 행동을 선택하는 경향이 많다. 주체적인 판단을 하지 않고 다른 사람들의 생각과 행동을 따르게 되는 심리 법칙을 '다수 동조화 심리'라고 하는데, 한국인들뿐만 아니라 전 세계인들에게 가장 잘 통하는 설득심리라고 할 수 있다. 왜냐하면 인간의 진화론과도 연관되어 있기 때문이다.

한번 생각해 보라! 원시시대 때 사나운 짐승들이 우글대는 환경에서 많은 사람들이 함께 움직이는 방향으로 따라가면 혹시라도 잡아먹힐 확률이 줄어드는데, 만일 혼자서 행동하게 된다면 무방비로 위험에 노출되어 쉽게 목숨을 잃게 되는 경우가 많기 때문이다.

그럼 현실적으로 바로 동의 가능한 다수 동조화 심리법칙이 잘 통하는 대표적인 사례는 무엇일까? 바로 베스트셀러. 필자의 경우에도 책을 구매할 때 솔직히 그 시점에 가장 많이 팔린 책을 먼저 찾게 된다. 사람들에 의해 어느 정도 검증이 되었다고 생각하는 것이다. 즉, 다수의 사람들이 암묵적인 증인이 되는 것이다. 보통의 사람은 스스로 어떻게 행동하는 것이 옳은 것인지 알 수 없을 때 많은 사람들의 행동을 보고 그대로 따라하려 한다. 그래야 가장 안전하다고 믿는 것이다.

다른 사람이 확신하면 나도 확신하게 된다는 다수 동조화 심리법칙은 우리 주변에서 매우 자주 확인할 수 있는데, 대표적인 또 하나의 예가 바로 교회라고 할 수 있다. 가령 작은 개척교회보다 대형교회들로 사람이 많이 몰리는 이유는 많은 사람들이 같은 공간에서 서로 공유하며 서로가 믿는 신에 대하여 믿음에 확신을 갖고 심리적 안정을 꾀하고자 하기 때문이다.

2021년 2월부터 시작된 코로나 펜데믹으로 인해 세상에 놀라운 실체가 드러난 이단 기독교 단체 신천지가 있다. 새 신자로 세례를 받게 되면 전국의 인원들을 모두 모이도록 하는데, 그 인원이 무려 5만 명이 넘었다. 뉴스를 통해 방영된 그들의 세례 받는 영상이 큰 화제가 되었는데, 이는 철저히 '다수 동조화 심리'를 자극하여 그들의 내면적 의심을 제거하고 종교적 확신과 믿음을 더욱 공고히 작동하게 하려는 것이었다.

'다수 동조화 심리'는 때로는 무서운 결과를 만들어 내기도 한다. 미국에서 일어났던 매우 안타까운 사건으로, 뉴욕에서 제노비스라는 이름의 젊은 여자가 밤늦게 일을 마치고 집으로 돌아오다가 바로 집 근처에서 괴한에게 습격을 당하여 살해되는 사건이 있었다. 뉴욕이라는 대도시에서 벌어진 끔찍한 살인 사건으로 일명 '제노비스 사건'으로 불리는데, 충격적인 사건의 전말은 피해자인 제노비스라는 여인이 짧은 시간 갑작스럽게 범인에게 살해된 것이 아니고 꽤 오랜 시간 동안 고통을 당하면서 죽어갔다는 것이다. 그런데 수많은 목격자들이 그러한 충격적인 상황을 그저 지켜만 보고 있었다는 것이다. 괴한이 무려 30분 동안이나 큰 도로에서 그녀를 쫓아다니면서 칼로 난자함으로써 서서히 죽어갔던 것이다. 그녀는 비명을 지르고 주변의 도움을 요청하였지만 애석하게도 무려 38명이나 되는 그녀의 이웃들은 아파트 창을 통하여 그녀가 죽어가는 모습을 그저 바라만 보았을 뿐 어느 누구도 경찰에 연락도 하지 않았다. 이 충격적인 기사를 접한 심리학자들은 이 사건에 대한 심도 있는 연구에 들어갔고 다음과 같이 결론을 내렸다.

대부분의 사람들은 '제노비스 사건'을 이렇게 말할 것이다. '메마른 도시, 인간성의 상실, 이기주의, 이웃 간의 단절 등이 한 여자의 죽음과 그 사건에 무관심을 불러일으켰다'. 하지만 이것이 모든 이유의 전부는 아니다. 이에 앞서 그렇게 될 수밖에 없었던 심리적 이유들이 있었다.

첫째. 주위에 많은 사람들이 있을 때는 위기에 처해 있는 사람을 도와 줄 개인적 책임감이 분산된다. 즉, '내가 아니어도 누군가가 알아서 도와주겠지, 분명 경찰에도 신고했을 거야'라고 추측하며 자신의 무대응을 합리화한다. 이런 것을 심리학 용어로 '방관자 효과'라고 한다.

둘째, 바로 다수 동조화 심리다. 도와달라고 고함치는 피해자가 있었지만, 여기저기서 이 현장을 목격한 다른 목격자들의 반응들이 별로 적극적이지 않았기에 스스로 생각하기를 '큰일은 아닌가 보네' 하고서 대응하지 않은 것이다. 즉, 다수 동조화 심리의 대표적 현상은 스스로 어떤 상황에서 결단을 내리지 못할 때 다른 사람의 행위를 따라 하는 것이다. 결국 다수 동조화 심리로 인해 너무도 어이없게 힘없는 한 여성을 죽음으로 내 몰게 하였다.

"30분이 넘는 시간 동안 누구보다 훌륭하고 준법정신이 투철한 37명의 퀸스 시민들은 무자비한 살인마가 큐가든스에서 한 여성을 미행하고 세 번에 걸쳐 흉기로 찔러 살해하는 장면을 지켜봤다. 그러나 그중 경찰에게 살인사건을 신고한 사람은 단 한 명도 없었다. 공격받은 여성이 숨진 뒤에야 오직 한 명이 경찰에 전화를 걸었을 뿐이다."

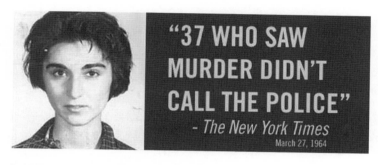

(1964년 당시 뉴욕타임즈 기사내용 중에서)

'군중이란 개인의 의식과 인격을 완전히 상실하고
조종자에게 통제되는 인간들의 집합체다.'

- 귀스타브 르 드봉

03

권위에의 복종심리

한국인들에게 영향을 미치는 강력한 설득심리 중 하나인 '권위의 법칙'은 설득하는 자의 권위 혹은 설득메시지의 권위라고 할 수 있다. 만일 설득하는 자의 권위가 부족할 경우 유명인과 전문가 등 외부의 권위를 활용하여 설득메시지를 전하는 것이다.

평소 신뢰하는 교수나 전문가 혹은 연예인이나 방송인들이 CF 광고에 등장하여 제품에 관한 메시지를 전하면 자연스럽게 그 물건에 신뢰를 갖게 되는데, 이것이 바로 권위의 법칙이 작용한 것이다. 권위를 통한 설득이 매우 강력한 이유는 사람들이 이성적으로는 전혀 인식하지도, 알아채지도 못한다는 것이다.

권위의 법칙이 가진 놀라운 설득의 힘과 관련하여 일명 '권위에의 복종'이라는 유명한 심리 실험이 있었다. 1961년 미국 예일대 밀그램 박사는 나치 시대에 극히 평범한 독일인들이 어떻게 그렇게 많은 유태인을 죽였는지에 대해 의문을 가졌고, 이를 검증하기 위한 실험을 진행하였다. 우선 밀 그램 박사는 실험자와 피실험자를 공개적으로 모집했다. 그리고 실험자 한 명은 응답자로서 전기의자 위에 앉히고, 다른 한 명은 질문자로서 소위 권위가 있는 대학교수와 함께 밖에 앉아 있도록 하였다.

연구의 진행방법은 전기의자에 앉은 응답자가 질문에 적절하게 대답하지 못하면 밖에 있는 실험자가 전기충격을 15볼트씩 올리도록 하는 것이었다. 전기의자에 앉은 사람은 사실 밀 그램 박사의 연구조교였고, 실제로는 전기가 전혀 가해지진 않았지만, 엄청나게 고통스러운 연기를 하도록 사전에 계획되었다.

실험이 계속될수록 전기충격을 직접 가해야 하는 실험자는 너무도 괴로워하며 교수에게 제발 그만하자고 말하였다. 하지만 교수는 최고치의 전력에 도달할 때까지 절대 멈추지 말라며 독려하였고, 끝까지 실험을 지속하도록 밀어붙였다. 결국 질문에 답하지 못한 조교가 실신하는 연기를 하면서 이 실험은 마침내 끝날 수 있었다.

그렇다면 교수와 함께 실험에 참가했던 사람은 왜 중간에 멈출 수 없었을까? 그 이유는 바로 권위가 있는 사람, 즉 '교수'가 말하였기 때문이라고 밀 그램 박사는 주장하였다.

우리의 뇌는 무의식적으로 '권위'에 프로그래밍되어 있다. 대표적인 것이 어릴 때부터 학습된 '부모님의 권위'에의 순응이다. 또한 온 국민이 분노로 지켜봐야 했던 2014년 세월호 사건도 이와 무관하지 않다고 본다. 배가 기울어 감에도 308명의 학생들은 끝까지 지시를 기다렸다. 마이크를 통해 반복되는 '자리에서 무조건 대기하라'는 책임자의 무책임한 안내멘트만 아니었어도 그렇게 어이없는 죽음들은 없었을 것이다. 생각보다 우리 모두는 무조건적으로 권위에 복종하려는 맹목적인 의무감이 있는 것이다.

비즈니스 세계에서도 '권위에의 복종' 심리가 자주 활용된다. 20세기 초 미국 프랜차이즈 네이션 핫도그는 의사들의 권위를 활용하여 엄청나게 성장한 미국 핫도그 업체. 창업자인 폴란드 이민자 핸드워커는 1916년 미국의 코니아일랜드에 정착하면서 사업모델을 구상하고 있었다. 당시 코니아일랜드 지역에서는 그 지방의 전통 음식인 핫도그가 널리 판매되고 있었다. 그런데 핫도그 하나의 가격이 상대적으로 비싼 10센트였다. 핸드워커는 부인의 음식솜씨가 워낙 좋았기에 핫도그 장사를 해보기로 마음먹었다. 우선 가격은 개당 5센트로 책정했다. 훨씬 맛있으면서도 값싼 핫도그를 제공한다면 충분히 승산이 있겠다고 생각한 것이다.

그런데 핸드워커의 핫도그 맛은 어느 모로 보나 경쟁자들의 핫도그에 비해 손색이 없었지만 손님을 제대로 끌지 못했다. 이유는 코니아일랜드 사람들이 네이션 핸드워커가 판매하는 핫도그의 품질을 믿지 못한 것이었다. 싼 가격으로 인해 분명히 저질이고 더러운 싸구려 재료들을 갖다 썼을 것이라는 의심을 불러일으킨 것이다.

핸드워커는 이러한 어이없는 불신들을 불식시키고자 하나의 아이디어를 생각해 냈다. 바로 근처 병원의 의사들에게 돈을 주고 흰 가운 차림에 청진기를 목에 건 채 가게 앞에서 핫도그를 먹도록 하였다. 의사들 입장에서는 항상 시간에 쫓기며 식사를 못할 경우가 많은데 돈까지 주면서 먹어 달라고 하니 사양할 이유가 전혀 없었다. 과연 이후에 어떤 일이 벌어졌을까?

하얀 가운을 입은 의사들이 줄지어 서서 네이선 핫도그를 먹고 있는 장면이 연출된 이후 주민들은 자연스럽게 붐비게 되었고, 매년 '네이선 핫도그' 대회도 개최할 만큼 크게 성장했다.

창업자 핸드워커는 '의사들의 권위', 즉 '위생에 대해서는 가장 민감하게 신경을 쓸 것 같은 의사들조차 네이선 핫도그를 먹는다'는 점을 활용하여 가장 걸림돌이 되었던 저렴한 핫도그의 품질에 대해 사람들의 의심을 단번에 불식시킨 것이다.

> **'복종이 없으면 독재도 없다.'**
>
> - 스탠리 밀 그램

04

상호교환의 심리(Give and Take)

옛 속담에 '가는 말이 고와야 오는 말이 곱다'는 말이 있다. 설득에서도 마찬가지다. 칭찬이 가면 친밀한 감정이 오게 된다. 일명 주고받기다(Give and Take). 호의가 가면 상대로부터 다시 호의가 오는 법이다.

'상호교환의 심리'는 '정(情)'의 문화를 중요시하는 한국인들의 정서와 매우 관련성이 높다. 즉, 한국인들이 중시하는 집단주의 문화에서 상호교환은 일종의 관례라고 할 수 있는데, 대표적인 사례가 바로 경조사라고 할 수 있다. 지인에게 받은 호의, 선물 등은 단순히 공짜가 아니라 반드시 갚아야 할 묵시적 빚이라는 것이다.

심리학자인 데니스 리건(Dennis Regan) 교수는 상호교환 심리에 대하여 한 가지 재밌는 실험을 하였다. 먼저 리건 교수는 의도적으로 피실험자인 대학생들 중 한 명에게만 실험실 앞의 콜라를 무료로 주었다. 그리고 실험이 끝난 직후 실험에 참여한 모든 학생들에게 기숙사 자선모금을 위한 행운권 구입을 권유하였다. 그런데 공짜 콜라를 마신 학생이 그렇지 않은 학생들보다 행운권을 두 배 이상 더 많이 구입했다고 한다. 콜라를 공짜로 마셨으니 나도 응당히 호의를 베풀어야 한다는 상호교환의 심리법칙이 발현된 것이다. 이와 관련하여 리건 교수는 다음과 같은 이야기를 하였다.

> '베풀면 베풂을 받으며, 의심은 의심으로, 믿음은 믿음으로 돌려받게 된다. 사람 사이의 관계에는 뭐가 되었든 주는 만큼 돌려받는다.'

상호교환의 심리는 상대방의 호의뿐 아니라 부정적인 행동에서도 유사하게 나타난다. 가령 상대방에게 인사를 한 후 답례가 돌아오지 않아서 오해를 하는 경우가 대표적인 예라고 할 수 있다. 실제로 인사를 받은 상대방은 전화통화 중으로 다른 사람에게 집중하느라 걸어오면서 인사하는 모습을 볼 수 없었거나, 답례로 인사해야 할 타이밍을 놓쳤을 가능성도 있다. 그러나 우리는 보통 '나를 무시한다 혹은 나를 싫어한다'라고 생각하고 '앞으로 인사하지 않겠다'고 단정 짓는다. 다른 사람에게 부정적인 인상을 받게 되면 나 역시도 부정적인 인상을 주어도 괜찮다고 생각하는 것이다.

상호교환의 심리는 홈쇼핑에서도 자주 쓰이는 매우 지능적인 판매전략이라고 할 수 있다. 대표적으로 전화예약 혹은 상담전화만 하여도 꽤 괜찮은 기념품을 준다고 홍보하면 많은 시청자들이 너 나없이 '선물이 공짜'라는 광고에 부담 없이 전화를 하게 된다. 그 런데 정말 놀랍게도 그렇게 공짜선물을 받은 사람들의 60~70%가 홈쇼핑이 판매하고자 했던 제품을 직접 구매한다고 한다. 그 이유 가 무엇일까? 바로 상호교환의 심리가 작용한 것이다.

자신이 무언가를 공짜로 받게 되니 왠지 빚을 진 듯한 마음이 생 기고, 자신도 무언가를 해줘야 할 것 같은 부채의식이 생기기 때문 이다. 놀라운 상호교환의 심리는 경제학자인 프리드먼의 한 문장으 로 정리할 수 있다.

'세상에 공짜 점심은 없다.'

– 밀턴 프리드먼

05

 ## 매력 끌림의 심리

고대 이집트의 왕 '악토이'는 그의 아들에게 이렇게 충고했다고
한다.

"누군가를 설득하려면 사교적이면서 반드시 친절해야 한다."

악토이 왕이 아들에게 말한 충고의 핵심은 다른 사람들과 감정
적인 논쟁을 하지 말라는 것이다. 또한 타인의 잘못을 직접적으로
지적하여 상대방의 자존심에 상처주지 않도록 주의하여야 하며, 가
능하다면 적절하고 친절한 사교술을 발휘하여 상대를 설득할 수 있
는 방법을 찾아보아야 한다는 것이다.

한번 곰곰이 생각해 보자. 우리는 평소에 누구의 말을 잘 따르
는가? 돈 많고 밥 잘 사 주는 사람? 권력이 있는 사람? 솔직히 우린

그냥 '내게 잘해 주는 사람'의 말을 잘 듣는다. 평소 나에게 친절하고 따뜻한 사람이 말하면 아무래도 특별한 경계심 없이 쉽게 수용하려 하고 믿으려 한다. 특히 한국인들은 '정'이라는 고유의 정서로 인해 오랜 기간 친분이 있는 사람의 말은 되도록 긍정적으로 받아들이려는 경향이 많다. 그런데 평소 나에게 친절하고 따뜻한 사람이 신체적 외모 등에서 특별한 매력까지 있다면 어떤 일이 벌어질까? 아마도 더 할 수 있는 영향력과 끌림이 있을 것이다. 바로 설득심리인 '매력의 끌림'법칙이다.

사람에게 매력이란 물리적이고 이성적이라기보다는 다분히 감정적이고 즉흥적인 부분이 많다. 가령 외모가 대표적이다. 외모가 예쁘고 멋있으면 성격도 좋을 것이라고 본능적으로 받아들이게 된다. 카이스트 정재승 교수는 이를 '아름다움의 권력'이라고 소개하며 인류의 보편적 성향임을 지적하였다. 즉, 아름다움이 권력이 되는 것이다.

수많은 예능프로그램에서 남성미를 풍기는 연예인들이 송혜교나 김태희 앞에서는 어린아이처럼 주눅 들고 나약한 존재로 전락하는 모습이 자주 등장한다. 말도 제대로 못 건네다가 가벼운 터치만으로도 좋아서 어쩔 줄 모른다. 아름다움이 주는 강한 파워가 느껴지는 대목이다.

경제학자인 에른스트 로이들 박사는 얼음물에 손을 담그게 한

뒤 얼마나 오랫동안 버틸 수 있는지를 측정하는 실험을 하였다. 놀라운 결과는 시간을 재는 실험자가 아름다운 여성일 경우 남자 피험자들은 거의 두 배 이상 더 길게 얼음물의 고통을 참아내었다는 것이다. 심한 경우 실험 참가자들이 동상에 걸릴 때까지 참아낼 정도였다고 한다. 아름다움 앞에서 남성들은 지나칠 정도로 단순하며 바보처럼 행동한 것이다. 물론 정도의 차이는 있었지만, 반대로 여성들의 실험에서도 비슷한 결과가 나왔다. 즉, 시간을 재는 실험자가 멋지고 잘 생긴 남성일 경우 여성 피험자들도 더 길게 차가운 얼음물의 고통을 참아내었던 것이다.

뉴욕 로체스터대 심리학과 교수인 데이비드 랜디와 해럴드 시걸은 대학원생들에게 여고생들이 쓴 에세이에 점수를 매기게 했다. 우선 에세이 앞에 사진을 첨부하지 않았을 때는 에세이 내용에 따라 충실하게 점수를 매겼으며, 10점 만점 중 6.6점에서부터 4.7점까지 좁은 점수 분포도를 보였다. 글 내용과 수준에 대한 평가가 크게 다르지 않았던 것이다. 그런데 에세이 앞에 사진을 첨부하도록 하자 상황은 완전히 달라졌다. 확실히 외모가 뛰어난 여학생들의 경우 평균 1.5점 이상씩 점수가 올랐으며, 그다지 매력적이지 않은 보통 외모의 여학생들은 오히려 0.8점 정도 점수가 떨어지는 결과를 보였다. 심지어 많게는 2.5점이나 떨어진 학생도 있었다. 보여지는 사진 때문에 학생들의 점수 분포도가 훨씬 넓어진 것이다. 에세이 등 성적을 채점할 때 외모의 영향을 받는다는 이러한 연구 결과는 불행히도 여러 번 반복 실험을 하였지만, 일관된 결과치가 나왔다.

다수 경영학자들의 지속적인 연구에 의하면, 직장 내 업무능력과 신체적 외모는 전혀 인과관계가 없었다. 근사한 외모를 가진 사람들이 신뢰감을 주고 조직에서 뛰어난 업무능력을 보일 것이라고 기대되었지만, 실제로 업무성과 면에서는 뚜렷한 차이를 보이지 못한 것이다.

그러나 그럼에도 불구하고 현대사회에서 여전히 아름답고 잘 생긴 외모는 상대방에게 매력적으로 어필하여 설득에도 분명한 영향을 끼치고 있다. 늘 그렇듯 인간은 보이는 것을 보이지 않는 것보다 더 신뢰하기 때문이다.

'상대를 외모로 판단하지 마라. 그러나 명심해라.
당신은 당신의 외모로 판단될 것이다.'

- 샤넬 코코

06

구동존이(求同存異)의 심리

'구동존이(求同存異)'는 중국 공산당의 혁명지도자이자 영원한 총리라고 칭송받는 주은래의 말에서 유래한 사자성어로, 사람과의 관계에서는 서로 같은 점을 추구하고 차이점은 남겨두라는 뜻이다.

1955년 인도네시아 반둥에서는 '아시아-아프리카 회의'가 열렸다. 회의에 참석한 29개국의 나라들은 모두가 서구 열강들에 의해 식민 지배의 고통을 받았다는 공통점이 있었지만, 사회주의와 민주주의 등 정치체제의 차이로 좀처럼 동맹과 내정 불간섭 등의 중요한 내용들에 대해 합의점을 찾지 못하고 있었다.

이때 중국정부의 외교부 수장 역할을 겸임하던 주은래 총리가 '구동존이(求同存異)'를 외쳤다. "우리 서로 같은 점을 찾을 뿐 다른 점은 강조하지 맙시다. 공통점을 먼저 찾아 합의하고, 이견이 있는 부분이 있다면 그대로 남겨둡시다."라는 연설을 하였고, 이후 참가국 대표자들의 경직된 마음들이 움직이면서 회의는 원활하게 흘러 가게 되었다.

주은래의 연설 이후 '구동존이(求同存異)'는 중국 최고 지도자들이 외교적 난제를 만날 때마다 가장 즐겨 쓰는 용어가 되었으며, 까다로운 상황의 비즈니스 협상 테이블에서도 유연성과 실용성이 돋보이는 대표적인 중국의 협상 전략으로 자리 잡게 되었다.

중요한 설득심리로서 구동존이의 핵심은 간단하다. 상대방과 우선 공통점들을 찾는 노력을 하게 되면, 상호 간 충돌을 줄이고 화합을 꾀할 수 있는 합리적인 설득프로세스가 가능하다는 것이다. 모든 사항들을 단 한 번에 이해시키고 설득하기는 무척 어려우니, 공통적으로 인정한 사안들을 먼저 순차적으로 합의하여 최종적으로 공동의 이익을 도출하자는 것이다.

사실 설득하는 자로서 상대방과 다양한 공통점의 확인은 친밀함과 긍정적 공감을 이끌어 내게 한다. 가장 좋은 예가 남녀 간 소개팅이 아닐까 한다. 남자와 여자가 비슷한 가정환경에서 유사한 경험과 생각을 가지고 살아온 것을 확인하게 되면 조금은 쉽게 서로의 긴장을 풀고 긍정적인 호감을 갖게 되는 것이다.

처음 만난 사이에서 업무적 관계를 떠나 서로 좋아하는 취미가 같다고 하면 커뮤니케이션의 시작은 조금은 부드럽게 흘러갈 수 있다. 생각해 보라! 골프에 심취해 있는 일명 골린이(?)에게 다양한 골프스킬과 필드 라운딩에 관한 흥미로운 에피소드들을 재미있게 풀어낸다면 시간이 어떻게 가는 줄 모르게 첫 만남은 신명나게 채워질 것이다.

상대방과의 공통점 확인이 호감도에 얼마나 영향을 미치는지 재 밌는 실험 하나를 소개하고자 한다. 실험의 방법은 횡단보도 앞에 서 있다가 모르는 사람에게 말을 걸어 몇 시냐고 물어보는 것이다. 그리고 실험자가 된 그 사람이 시계를 확인할 때 시계가 자기와 똑같다고 이야기를 하는 것이다. 실험자를 제외한 나머지 사람들에게 는 그냥 감사하다고 평범하게 인사하는 것이다. 실험의 핵심은 신호등의 불이 바뀌고 실험자와 기타의 사람들이 과연 몇 초 후에 횡단보도를 건너며 그 차이가 어떻게 나타나는지 확인하는 것이다.

실험의 가설은 똑같은 시계를 갖고 있다는 공통점의 확인이 상대방에 대한 호감도를 높이게 되어 그 사람과 조금이라도 같이 있고 싶거나, 그 사람에게 더 관심이 가기 때문에 무의식적으로 횡단보도를 늦게 건너게 된다는 것이었다. 과연 결과는 어떻게 되었을까?

시계가 똑같다는 말을 들었던 실험자는 평범하게 인사를 나눈 일반 사람들에 비해 횡단보도를 1.5배 이상의 시간 동안 함께 머물렀다. 즉, 같은 시계를 갖고 있다는 말을 들었을 때 생각을 더 하게 되고 횡단보도를 늦게 건너게 된 것이다. 결국 중요한 연구결과는 사람들이 자신과 비슷한 점을 발견하면 상대방에 대한 호감도가 높아지고 눈길이 더 끌리게 된다는 사실을 확인한 것이다.

다시 정리하면, 사람들은 자신과 비슷한 공통점을 가진 사람에게 일단 긍정적인 마음과 호감을 갖게 된다. '구동존이'에 의한 유사함의 확인은 친밀한 관계의 시작이자 중요한 설득심리라고 할 수 있다.

'음식은 우리의 공통점이요, 보편적 경험이다.'
- 제임스 비어드

07

생각보다 강력한 설득전략과 스킬들

1. 메시지 수식어 전략

텔레마케터 P씨는 오로지 전화통화로 보험을 연간 수백 건씩 세일 즈하며 억대 연봉을 받았다. 가까운 친구의 권유로 업계에 뛰어들 었는데, 고향이 전라도라서 처음에는 표준어 발음을 연습하느라 고 생을 많이 했다고 한다. 그녀는 사투리 억양을 고치기 위해 밤마다 책을 크게 읽는 연습을 했다고 한다. 그에게 탁월한 고객설득의 비 결을 묻자, '고객에게 수식어를 풍부하게 섞어 말하면 효과가 있었 다'는 답변이 돌아왔다. 즉, 문장 중간중간에 형용사와 부사를 많이 활용하였다는 것이다.

　가령 "고객님, 이 상품은 참 좋습니다."라고 표현할 것을 "고객님! 제가 자신있게 말씀드리는데 이 상품은 반드시 도움이 되실 것입니 다."라고 하는 것이다. 담당자의 확신이 느껴지는 부사어구들을 풍부하게 활용함으로써 설득의 표현들을 좀 더 강조하는 것이다.

사실 한글만큼 다양한 수식어를 쓸 수 있는 언어는 지구상에 없다고 한다. '반드시, 확실하게, 자신있게, 시원하게, 맑고, 연한, 밝은' 등 많은 부사와 형용사들을 활용하여 설득하고자 하는 메시지의 구성을 더욱 풍부하게 함으로써 상대방에게 강한 설득력을 구사할 수 있다.

하지만 반드시 조심해야 할 것은 과유불급(過猶不及)이다. 너무 지나치게 과한 수식어를 반복적으로 사용하다 보면 상대방으로 하여금 거부감과 경계심을 높이는 부작용을 낳을 수 있다. 시의적절하고 적당한, 무엇보다 진정성이 느껴지는 표현들이 중요할 것이다.

한 연구결과에 의하면, 너무 상세하고 구체적이며 세밀한 수식어들은 거짓말을 포장하는 데 자주 쓰였다고 한다. 따라서 수식어 사용에 있어서는 상황을 고려하고, 정도와 밀도를 고민하여 표현하도록 해야 할 것이다.

필자의 경우 자주 쓰는 수식어는 '반드시'와 '자신있게'라는 표현이다. 중요한 것은 이러한 수식어가 필자가 가장 선호하면서도 옷이 착 달라붙듯 본인에게 매우 잘 맞는다는 것이다. 남들이 자주 쓴다고 최고의 수식어가 아니라 자신이 선호하면서도 몸에 잘 맞아야 한다. 따라서 자신과 잘 맞는 수식어들을 다양하게 찾아보는 노력을 하자. 스스로에게 먼저 잘 맞아야 상대방이 들었을 때 거부감 없이 수용적이고 공감적인 설득이 용이해지는 법이다.

'인간은 너무 많은 지식을 가지고 있어서 통치하기 힘들다.'

- 노자

2. 라벨링 전략

라벨링 전략은 한 사람에게 어떤 특색, 태도, 신념 등과 같은 라벨을 붙인 다음에 그 라벨에 어울리는 요구를 하면 내 뜻대로 움직이는 효과를 일으키게 된다는 것이다. 상대방에게 일종의 묵시적 기대치를 만드는 것이다.

가령 과거에 비슷한 과제를 성공적으로 마무리했었다는 사실을 상기시키며 새로운 과제를 주면서 "이번에도 멋지게 잘 해내리라 믿어."라고 말하는 것이다. 사실 라벨링 전략은 칭찬기법과 매우 유사하고, 사람에게 가장 큰 욕망인 인정을 자극하는 것이다. 그래서 대표적인 라벨링 전략이 '칭찬 라벨링'이다.

"장 교수님! 늘 자상하게 대해 주셔서 고맙습니다."

"제가 전해 듣기로는 부하직원들에게 가장 존경받는 분이라고 말씀 들었습니다."

"당신은 마음이 참 따뜻해서 내 짜증도 잘 받아주지! 정말 감사해."

일단 이러한 칭찬 라벨링을 받은 상대방은 그 말에 대한 기대치를 맞추기 위해 노력하게 된다. 놀라운 사실은 혹여 상대에게 부정적 마음과 인식이 있다 하더라도 일단 이러한 라벨링이 붙으면 차가운 태도를 보이기가 조금 부담스러워지고, 냉정한 표현과 행동에 내면적 제약이 생긴다. 상대방의 칭찬 라벨링에 무의식적으로 부응하려 하기 때문이다.

필자의 경우 금융사에서 근무할 당시 비즈니스 미팅에서 이러한 칭찬 라벨링 전략을 자주 사용하곤 하였다. 누군가의 소개로 사람을 처음 만날 때 아무래도 비즈니스 목적이 있기에 다소 어색하고 긴장될 수밖에 없다. 이럴 때 칭찬 라벨링 전략은 상대방과의 긴장완화(Relax)에 도움을 주고, 무엇보다 긍정적인 자세와 태도 등을 유지하게 만드는 묵시적 부담을 주게 된다. 즉, 칭찬에 의한 기대치로 인해 소프트하고 부드러운 미팅 분위기가 만들어지고, 비즈니스 설득이 용이해 지는 것이다.

하지만 주의해야 할 사항은 위의 메시지 수식어 전략과 마찬가지로 늘 과유불급을 조심해야 한다. 과한 칭찬을 넘어 '아부성 라벨링'은 오히려 설득적 관계에 독이 될 수 있기 때문이다.

"미남이시고 돈도 많으신 데다가 사모님도 참 미인이시라고 말씀 들었습니다. 정말 부럽습니다."

어떤 느낌인가? 뭔가 천박하고 사기성 멘트라고 느껴지지 않는가? 용어와 단어에 있어 격도 떨어지지만, 무엇보다 참 많이 과하다는 생각이 들 것이다.

"말씀듣기로 주변 분들에게 높은 덕망과 인품으로 존경받는 분이라고 들었습니다. 귀한 시간 내주셨는데 저도 선생님께 도움이 될 수 있도록 최선을 다하겠습니다."

존경받는 분이라고 주변인들로부터 전해 들었다고 말하면서, 이러한 라벨링의 근거가 덕망과 인품이라는 것을 이야기하면 상대방과 아무리 부담스러운 상황이라 할지라도 차가운 태도와 냉정한 자세를 취하기가 쉽지 않게 된다. 언제나 적절하고 품격이 느껴지는 라벨링을 할 수 있도록 평소에 고민하고 연구할 필요가 있다.

칭찬은 고래도 춤추게 하듯 사람도 누군가의 칭찬에 일관되게 따르려는 경향을 보인다. 이에 비즈니스 목적이나 공익적 캠페인 등을 위해 이러한 전략들을 활용하는 것이다.

요즘에는 많이 보이지 않지만, 한때는 전철역이나 버스정류장 근처에서 아프리카 난민 혹은 기아대책 등을 위한 스티커 부착 캠페인을 많이 보았을 것이다. 대표적인 라벨링 전략의 활용 사례라고 할 수 있는데, 일단 지나가는 행인들에게 측은한 마음을 일으켜 난민지원에 대한 응원과 지지의 스티커를 부착하게 하는 것이다. 그리고 바로 뒤이어서 간곡하게 소액일지라도 후원을 부탁하고 독

려한다. 매우 전형화된 라벨링 전략에 의한 설득 프로세스라고 할
수 있다.

즉, 스티커 부착 후 '정말 훌륭하고 멋진 분'이라고 칭찬 라벨링
을 하게 되면, 이후에 후원을 요청하는 일련의 과정에서 웬만한 강
심장 아니면 그대로 거절하고 나오기가 쉽지 않게 된다. 생각보다
라벨링 전략은 많은 분야에서 활용되고 있으며, 이미 알고 있으면서
도 자연스럽게 받아들이게 되는 놀라운 설득심리라고 할 수 있다.

> **'칭찬을 받는 모습으로 그 사람의 인격을 판단할 수 있다.'**
>
> － 세네카

3. 부채전략

보통의 사람들은 누군가의 부탁을 계속해서 거절하기가 쉽지 않다.
첫 번째 요청에 No를 했으면 다음번의 요청에도 거듭 No를 표하기
가 참 어렵다는 것이다.

중요한 설득의 심리로 요청과 거절에 따른 인간의 부채의식(負
債意識)을 이해할 필요가 있다. 즉, 누군가의 요청에 대한 거절은 곧
상대방에게 마음의 빚이라고 할 수 있는 일종의 부채의식을 만들어
내게 되어 첫 번째 거절 직후에 다시 이어지는 두 번째 제안에는 쉽
게 거절을 할 수 없게 만든다.

가령 시내 중심가에서 자원봉사 참여를 위한 캠페인을 벌이는 경우 지나가는 행인들에게 "주말을 이용하여 이웃을 돕는 자원봉사에 참여해 주세요."라고 한다면 대다수의 사람들은 계획된 일정들을 핑계로 거절할 것이다.

하지만 이번에는 더 공격적인 캠페인으로 "5주간 주말마다 참여하는 자원봉사에 신청해 주세요."라고 외친다면 대다수의 사람들은 난색을 표하며 거절을 할 것이다.

하지만 거절 직후에 다음과 같이 다시 요청한다면 상황은 조금 달라진다. "5주 동안 매주 주말에 참여하는 것이 정말 어려우시다면 이번 주말에 딱 한 번만 참여해 주실 수는 없을까요?"

한 번 거절한 것도 미안한데 두 번째 부탁까지 매몰차게 거절하기는 결코 쉽지 않다. 이러한 설득의 과정에 사람들의 부채의식을 자극하는 심리가 숨겨져 있다.

그런데 부채심리를 활용한 설득전략의 핵심은 상대방의 부채의식을 제대로 자극하기 위해 첫 번째 거절 직후 바로 다음 제안을 즉시적으로 해야 한다는 것이다. 따라서 처음에는 되도록 받아들이기 힘든 제시를 하는 것이 중요한데, 기억할 것은 상대가 충분히 납득할 만한 근거와 이유도 함께 제시하여야 한다는 것이다.

설득전략으로 부채의식을 활용하는 대표적인 장소는 백화점 등 고가제품을 판매하는 곳이라고 할 수 있다. 특히 가격대가 높은 가전제품 매장에서는 가장 비싼 제품부터 고객들에게 권하라고 판매직원들에게 교육한다. 고가 제품을 먼저 소개한 후 뒤이어 저가제품을 제시하면 고가제품이 더욱 비싸게 느껴지면서 상대적으로 저가제품이 매력적으로 느껴지는 '대조효과'도 있지만, 고객들의 '부채의식'이 부여된 것이라고 할 수 있다. 즉, 첫 번째 상품에 대한 구매제안이 거절된 직후 바로 상대적으로 저렴한 두 번째 상품을 제시하면 가격이라는 중요한 비교우위로 인해 계속해서 거절하기가 쉽지 않게 된다는 것이다.

> '진정으로 자유로운 사람은 변명하지 않고
> 저녁식사 초대를 거절할 수 있는 사람이다.'
>
> - 쥘 르나르

4. 야금야금(문전 걸치기) 전략

야금야금 설득전략은 필자가 처음 만들어 낸 용어이지만, 이미 설득 이론에서 많이 언급되는 '문전 걸치기 전략'을 조금 색다르게 표현한 말이다. 바로 앞의 부채전략과는 상반된 전략으로 작게 시작해서 큰 제안으로 설득의 방향을 잡는 것을 의미한다. 즉, 우선 큰 부탁이 아니라 아주 작은 부탁을 시작으로 긍정적인 답을 이끌어 내면 그 다음의 조금 커진 요구에도 상대방이 응하기 쉬워진다는 것이다. 가령 예를 들어 보자.

"일 좀 도와 줄래?"

"5분만 도와 줄래?"

두 가지 제안 중 어떤 제안이 좀 더 부드럽고 부담 없이 들리는 가? 5분이라는 짧은 시간의 설정은 막연히 일 좀 도와달라는 제안 보다 훨씬 쉽게 긍정적인 답을 유도하게 된다.

야금야금 전략은 부담이 없는 쉬운 제안을 통해 긍정적인 답변을 받아 낸 다음 조금씩 요구와 제안조건을 높여가는 것이다. 일관성 법칙 혹은 지속성 법칙이라고도 하는데, 사람은 한번 시작하게 된 행동과 선택을 일관되게 지속하려는 경향을 가지고 있고, 이러한 심리를 잘 활용한 설득전략이라고 할 수 있다.

세일즈 현장에서도 야금야금 전략, 일명 문전 걸치기 전략이 자주 사용된다. 가령 방문판매 영업사원이 어느 집 문 앞의 초인종을 누른다. 주인이 나오자 상품 설명을 하는데, 시큰둥해하는 주인이 갑자기 문을 닫을지 모르니 이럴 때 현관문 안쪽에 한 쪽 발을 살짝 들이밀고 말을 하면 적어도 갑자기 문을 쾅 닫아버리는 일만큼은 막을 수 있다. 여기서 문간에 발을 들이미는 것은 비유적 표현으로 상대방이 거절하기 힘든 작은 부탁을 의미한다고 할 수 있다.

1966년 심리학자 조너선 프리드먼 교수와 스콧 프레이저 교수의 공동연구에서 처음 언급된 '문전 걸치기 전략'은 상대에게 처음엔 부담감이 적은 부탁을 해 허락을 받으면 그 다음엔 점차 큰 부탁도 들어주기 쉽게 된다는 것으로 세일즈와 마케팅 분야에서 매우 잘 활용되는 설득 테크닉이다.

오래전 부산영화제에서는 일부 영화운동가들이 영화의 사전심의 철폐에 대한 서명운동을 하고 있었다. 그곳을 지나가던 사람들은 서명운동을 하는 사람들의 권유에 따라 별 생각 없이 쉽게 서명했다. 그런데 사람들이 서명을 마치자마자 그 바로 앞에 있던 다른 한 사람이 그들에게 독립영화 발전기금을 모금하기 위한 배지를 사라고 친절히 권유하였고, 순순히 2,000원을 내고 배지를 샀다. 일단 서명을 한 사람들은 당연한 수순처럼 배지를 구입하였던 것이다. 그런데 만일 이것의 순서가 바뀌었다면, 즉 서명 전에 배지를 먼저 팔았다면 결과는 어땠을까? 완전히 결과는 달라졌을 것이다. 상대적으로 부담이 적은 서명을 먼저 요청해 자신이 우리나라 영화 발전에 적극적으로 참여하는 사람이라는 공명의식 혹은 자의식을 갖게 한 다음, 자연스럽게 이들로 하여금 독립영화 발전기금 모금용 배지를 구입하게 만든 과정은 일명 '야금야금 전략'을 활용한 매우 훌륭한 설득 프로세스였다고 평가할 수 있다.

야금야금 전략은 홈쇼핑의 쇼호스트들도 자주 활용하는 기법이기도 하다. 누구나 부담 없이 들어줄 수 있는 작은 부탁은 거절하기 힘들다는 것을 잘 아는 쇼호스트들은 "딱 1분만 집중해 주세요."와 같은 멘트를 날리면서 좀처럼 제품의 진짜 가격을 말하진 않는다.

'돈으로도 살 수 없는 내 가족의 건강'과 같은 감성적인 멘트를 띄우면서 그와는 비교할 수 없는 작은 금액, 즉 하루에 단돈 몇천 원 혹은 한 달에 단돈 몇만 원이라는 식으로 가볍게 말할 뿐이다. 택시 한 번 안 타면 되고, 담배 한 갑 줄이면 되고, 술 먹고 대리운전 한 번 안 부르면 된다는 식이다.

야금야금 전략은 처음 만난 이성을 유혹하는 데에도 큰 효과를 발휘할 수 있다. 프랑스의 심리학자 니콜라 게겐은 남성 보조요원들로 하여금 길거리에서 300명 이상의 젊은 여성들에게 접근해 술을 한 잔하자는 제안을 하도록 하는 실험을 했다. 일부 보조요원들에게는 직접 제안을 하기 전에 길을 묻는 등 가벼운 질문을 먼저 하도록 했고, 다른 보조요원들에게는 여성들에게 다가가 곧바로 제안을 하도록 했다. 그 결과, 먼저 길을 물어본 경우에는 60%의 여성이 흔쾌히 동의한 반면 직접적으로 제안을 한 경우에는 20%만이 동의한 것으로 나타났다. 매우 사소한 차이로 중대한 변화를 만들어 낼 수 있다는 사실을 확인한 것이다.

야금야금 전략은 삶의 지혜로도 활용할 수 있다. 정신과 의사인 문요한 씨는 아이들의 변화와 성장에 야금야금 전략을 활용할 수 있다고 말한다. 부담이 크고 큰 변화에는 우리의 뇌가 일단 두려워하거나 거부감을 느끼기 때문에 목표를 단계별로 나누어 한 걸음씩 나아가는 것이 중요하다는 것이다. 즉, 뜨거운 목욕탕에 어린 아이를 데리고 들어가는 것은 쉽지 않은 일이다. 그래서 우선 살짝 발부터 담그게 하는 요령이 필요하다는 것이다. 그러다 보면 뜨거운 물에 적응이 되고 더 들어갈 수 있는 준비와 용기가 마련된다. 중요한 건 첫 번째 성공을 확보한 후 그것을 발판으로 다음으로 확장시켜 나가는 것이다. 말 그대로 한 걸음씩 야금야금 수준을 높여가는 것이다.

'가랑비에 옷 젖는 줄 모른다.'

- 한국 속담

5. 장소(분위기) 전략

인간의 행동을 유발하는 데 있어 장소전략은 생각보다 크게 작용한다. 심리학자 로버트 치알디니의 '설득의 심리학'에도 소개된 설득전략으로, 그는 낭떨어지와 같은 무서운 곳이나 나이트클럽 같은 흥분되는 곳에서 부탁과 요청을 받으면 순순히 응할 확률이 높아진다고 주장하였다. 즉, 누군가를 설득하고자 할 때에는 장소의 선정이 중요하다는 것으로, 독일의 철학자 마르틴 하이데거는 이러한 장소를 '분위기'로 개념화하기도 했다.

우리의 일상적인 경험들을 되돌아보면 우리는 항상 어떤 분위기에 싸여있다. 즉, 슬픔과 불안 그리고 기쁨과 같은 분위기는 스스로 만드는 것도 있지만, 주변의 장소와 상황에 맞물려서 다가오고, 이러한 분위기 안에서 어떤 현상을 판단하고 이해하게 되는 것이다. 가령 화기애애한 분위기 속에서의 빗소리는 리드미컬한 음악같이 들리지만, 슬픔의 분위기 속에서는 우울한 울음처럼 들려온다. 이렇듯 설득의 과정 속에서 장소나 분위기는 단순한 감정적 느낌이 아니라 매우 중요한 설득의 조건이 될 수 있는 것이다.

필자는 청년시절의 향수와 감성을 자극하는 청춘드라마 '응답하라 1994'를 무척이나 재밌게 시청하였다. 이 드라마를 통해 장소에서 느껴지는 분위기가 공감과 설득에 얼마나 중요한지 다시금 인식할 수 있었는데, 배우들의 뛰어난 연기도 놀라웠지만, 사실 대단히 신선한 스토리가 없음에도 불구하고 많은 이들의 지속적인 사랑을 받을 수 있었던 이유를 분석하자면 바로 그 시대의 추억과 향수를 복원시킨 그리움의 장소 혹은 분위기라고 볼 수 있다. 즉, 그 시대를 표현하는 물건과 장소, 그리고 동화 같은 분위기를 매우 사실적으로 표현한 것이 드라마의 흥행에 매우 큰 기여를 했다는 것이다. 사람들이 경험했던 특정시절의 분위기와 장소는 특별한 메시지가 없다고 하여도 사람들에게 강한 공감과 영향력을 발휘하게 되는 것이다.

장소전략을 활용한 설득의 가장 좋은 예는 남녀 간의 미팅이라고 할 수 있다. 만일 어느 남성이 마음에 쏙 드는 여성 한 분과 소개팅을 하였다고 가정해 보자. 첫 만남을 가볍게 끝내고 다음 장소로 이동하게 되었을 때 과연 어디를 추천하고 싶은가? 필자가 기업체에서 설득을 강의할 때 질문을 던지니 놀랍게도 남자들의 경우 영화관(?)이라는 대답이 많이 나왔다. 사실 필자의 경우에도 20대 때 이런 센스 없는 행동과 선택을 하곤 하였다. 그런데 한번 생각해 보자. 소개받은 여자가 마음에 쏙 들었는데 그냥 영화관에 앉아서 2시간을 스크린만 바라보게 한다면 여성의 마음은 어떻겠는가? 처음 만나서 설렘과 기대가 충만한데 영화관은 정말 안 좋은 선택이라고 본다.

그럼 과연 어디가 좋을까? 물론 여성의 취향도 잘 맞춰서 정해야 하겠지만, 필자의 생각에는 '오뎅바' 같은 곳을 추천하고 싶다. 물론 필자의 꼰대(?)스러운 제안일 수 있겠지만, 소박한 분위기에 조명이 일단 감성적이다. 무엇보다 가장 중요한 포인트는 서로 가깝게 옆 자리에 앉아서 자연스럽게 스킨십도 가능하기 때문이다. 물론 이런 생각과 가정은 철저히 필자의 주관적인 생각이니 너무 예민하게 반응하지 않길 바란다.

거두절미하고 설득에 있어 장소의 선정은 매우 중요한 전략이다. 장소를 통해 분위기가 형성되며, 그 분위기에 의해 설득의 방향이 달라질 만큼 인간은 이성적이기보다는 감성적이기 때문이다.

'나의 집이란 장소가 아니라 사람들이다.'

- 로이스 맥마스터 부졸드

6. 냄새(후각) 전략

인간의 오감은 삶을 영위하고 생존하는 데 있어 가장 기본적인 감각이라고 할 수 있다. 그중에서 후각은 어느 감각보다 주관적이라고 할 수 있다. 왜냐하면 냄새에 대한 개개인의 느낌은 매우 다를 수 있기 때문이다. 극단적인 예로, 어떤 사람에게는 양말 썩는 냄새가 다른 어떤 사람에게는 유혹적인 과일 향으로 느껴질 수도 있다.

만일 인간에게 후각의 기능에 문제가 생긴다면 삶은 어떻게 변할까? 가장 먼저 맛있는 음식을 즐기지 못하게 된다. 혀를 통해 인간이 느낄 수 있는 맛은 4가지로 단맛과 짠맛 그리고 쓴맛과 신맛이라고 한다. 그러나 이에 비해 후각을 통해서는 대략 1만 가지의 냄새를 구별할 수 있다고 한다. 중요한 것은 음식의 맛을 결정하는 것이 미각이 아니라 후각으로, 우리가 느끼는 음식의 맛 중 70~80%는 후각에 의존한다는 것이다. 그래서 만약에 후각을 잃게 되면 우리는 바나나와 감자 맛도 제대로 구분하지 못하게 된다.

또한 연구에 의하면, 냄새를 맡는 후각은 이성간의 호기심에도 영향을 미쳤다. 미국 플로리다 대학 연구팀은 배란기 여성이 수일 동안 입은 티셔츠와 그렇지 않은 여성이 입은 티셔츠, 그리고 아무도 입은 적이 없는 티셔츠를 남성들에게 나눠준 후 냄새를 맡아 보고 마음에 드는 옷을 선택하게 했다. 그 결과 대부분의 남성이 선호한 티셔츠는 배란기 여성이 입었던 것으로 나타났다. 실제로 배란기 여성이 입었던 티셔츠 냄새를 맡을 경우 실험대상 남성들의 대표적인 남성 호르몬인 테스토스테론의 수치가 급격히 상승하는 것으로 나타났다. 이 연구결과를 통해 사람들은 냄새를 통해 이성에게 끌리게 된다는 사실이 입증되었다.

한국에서는 몇 해 전 결혼정보회사 D업체와 세제 및 디퓨저 업체인 P사가 공동으로 전국의 20, 30대 미혼 남녀 약 800명을 대상으로 냄새와 호감도 간의 관계성에 대한 설문조사를 실시하였다. 조사결과 전체 미혼 남녀 10명 중 9명(90.5%)은 '냄새가 이성의 호감도에 영향을 미친다'고 답했다. 반면 '영향을 미치지 않는다'는 의견은 9.5%에 불과했다. 특히 냄새는 평소 호감을 가졌던 이성에 대한 느낌에도 영향을 미치는 것으로 나타났다. 전체 응답자의 '65.7%'는 호감을 느꼈던 상대의 '냄새' 때문에 실망했던 경험이 있다고 답했으며, 여성의 경우 그 비율이 68.2%에 이르렀다. 놀랍게도 이성과의 관계, 특히 호감도에서 후각을 자극하는 냄새가 중요한 영향을 미쳤다.

우리는 냄새로 인해 정말 많은 설득을 학창시절부터 당해 왔다. 학교 수업을 모두 마치고 정문을 나서면 수많은 가게와 분식집에서 경쟁적으로 매혹적인 냄새를 풍겼다. 고소한 핫도그와 매콤한 떡볶기의 후각적 유혹은 어떠한 말 한마디 없이 우리를 강하게 끌어당겼던 냄새전략의 대표적인 사례라고 할 수 있다.

거두절미하고 지금 이 책을 보는 독자가 비즈니스맨이라면 냄새와 관련하여 냉정히 생각해 보아야 한다. 설득을 위해 누군가와 중요한 미팅을 하고 있는데 본인도 참기 힘든 고약한 냄새가 계속해서 상대방에게 전해진다면 미팅의 결과는 어떠할까? 무엇보다 상호 간 커뮤니케이션에 집중하기가 쉽지 않고 짜증도 나게 될 것이다. 그래서 평소에 설득을 위한 중요한 만남을 위해서는 가방이나 차 안에 적절한 향수를 준비해 놓는 것이 좋을 듯하다.

냄새전략은 설득에 도움이 됨과 동시에 상대방에게 좋은 호감을 형성할 수 있는 좋은 방법이 될 수 있다. 하지만 반드시 주의해야 할 것이 있다. 바로 과유불급이다. 지나치게 럭셔리하고 자극적인 향수는 오히려 불쾌감과 거부감을 일으킬 수 있으니 피하도록 하자.

> '냄새는 수천 마일 밖과 그동안 살아온 모든 세월을 가로 질러
> 당신을 실어 나르는 강력한 마법사다.'
>
> - 헬렌 켈러

7. 반복전략(끈질김의 법칙)

프랑스 철학자 장 폴 사르트르는 '인생은 B와 D사이의 C(Lfie is Choice between Birth and Death)'라고 말하였다. 그런데 정확히 다시 표현하자면 인생은 ABCD라고 할 수 있다. 즉, B(Birth)와 D(Death) 사이의 C(Choice)가 인생이라고 할 수 있는데, 어떤 A(Attitude), 즉 어떤 태도를 선택하느냐에 따라 삶이 결정되는 것이다.

다양한 설득의 기술보다 중요한 설득의 전략이 있다면 설득자의 적극적인 태도라고 할 수 있다. 바로 절실한 마음으로 설득의 시도를 지속할 수 있는 태도가 중요한 것이다. 특히 치열한 세일즈 현장에서 고객설득을 위해 끈질긴 설득의 자세는 매우 중요한 세일즈 성공의 기본전제이자 법칙이라고 할 수 있다.

　미국의 금융마케팅협회의 연구조사에 따르면, 세일즈 현장에서 고객의 평균 거절 횟수는 5번이라고 한다. 그런데 전체 80%에 해당하는 대부분의 세일즈맨들은 고객설득의 시도를 2번 만에 그치고 더 이상의 시도를 하지 않는다고 한다. 즉, 고객으로부터 2번의 거절을 받게 되면 더 이상의 설득을 포기한다는 것이다. 이들 세일즈맨들의 업적이 좋지 않았던 이유는 바로 이러한 적은 횟수의 설득시도에 있었던 것이다. 반면에 최상위의 세일즈 업적을 달성했던 톱클래스 상위 5%의 세일즈맨들은 최소한 5번 이상의 고객설득을 시도하였고, 최종적으로 계약의 성사율이 약 75%에 육박했다고 한다. 결국 쉽게 포기하지 않고 끈질기게 인내하며 고객설득의 시도를 최소 5번 이상 지속함으로써 좋은 성과를 끌어 낸 것이다.

　피설득자인 상대방의 입장에서는 설득하려는 사람의 지속적이고 끈질긴 자세, 반복되고 적극적인 노력들을 접하다 보면 의구심과 불안의 감정들이 올라오는 것이 아니라 오히려 강한 신뢰감과 긍정적인 마인드를 가지게 된다고 한다. 반복의 태도는 그래서 매우 중요하다. 무엇보다 거절의 반복과 극복을 통해 설득하는 자의 내공(마인드)은 강해짐과 동시에 자신만의 다양한 설득의 논리와 지혜들을 얻게 된다. 즉, 스스로 검증하며 깨달은 설득의 노하우들을 무형의 자산으로 축적하며 설득의 전문가로 성장하게 되는 것이다.

설득을 위한 완전무결한 방법은 없다. 100% 자신하는 완벽한 설득비법이 있다고 누군가 주장한다면 바로 '사기'라고 단정적으로 말할 수 있을 만큼 인간의 영역에서 완벽한 설득의 방법이란 존재하지 않는다. 다만 설득의 확률을 높이는 방법들이 있을 뿐이다.

반복전략은 단순히 설득하는 자의 적극적인 태도만이 아니라 많은 심리적 요인들이 복합적으로 융합되어 있다고 보는 것이 맞다. 설득하는 사람의 자신감과 확신이 반복과 지속을 통해 상대방에게 전이되고 확산되는 것이다.

다만 반드시 주의해야 할 것은 조급한 마음에 현학적이고 달콤한 레토릭(미사어구)으로 구성된 설득의 메시지들을 반복하는 것은 오히려 상대방과의 신뢰를 무너뜨리는 부정적인 결과를 불러일으킨다는 것이다. 즉, 상대방의 거절을 무력화하기 위해 상식을 넘어선 무리한 메시지와 과도한 시도들은 오히려 어렵게 쌓아온 믿음을 결정적으로 흔드는 결과를 초래할 수 있다. 언제나 과하지 않게 적절함과 적당함을 유지하며 반복을 지속하는 태도를 가져야 한다.

'반복만이 신의 경지에 이른다.'

- 독일 속담

PART 8

최고의
설득스피치를 위한
3가지 화법과
3S법칙

01

샌드위치 화법(PREP)

    설득의 대상이 되는 상대방들은 대부분 내가 전하고자 하는 메시지에 대해 사전 지식이 많지 않다. 따라서 메시지를 되도록 간결하고 알기 쉽게 전달해야 한다. 즉, 세 살짜리 어린아이도 이해할 수 있도록 명료하게 말한다면 더할 나위 없다.

    이하에서는 리더의 설득스피치를 위한 최고의 화법인 일명 '샌드위치 화법'에 대해 소개해 보고자 한다.

    평소에 사람들이 많은 정보들을 접하게 되는 TV프로그램은 아마 뉴스일 것이다. 이 뉴스의 진행방식을 가만히 살펴보면 샌드위치 화법으로 진행된다는 것을 알 수 있다. 우선 뉴스를 진행하는 앵커가 다음에 전할 사건의 핵심을 짚어준다. 이후 화면이 전환되면서 기자가 생생한 사건 현장을 보여준다. 기자가 현장 소식을 전하고 나면 마지막에 앵커가 다시 한 번 뉴스의 핵심을 정리한 후 다음

사건으로 넘어간다.

뉴스뿐 아니라 아침이나 이른 저녁에 하는 종합 정보 프로그램을 봐도 마찬가지다. 우선 진행자가 사건의 핵심을 간단히 전한다. 그 후에는 리포터가 본격적으로 전하고 싶은 사건의 내용을 길게 보여준다. 리포터가 사건의 내용을 다 전하고 나면 진행자나 리포터가 다시 한 번 간략하게 정리한다. 즉, 하고 싶은 말의 핵심을 먼저 전한 다음 그 이유와 예를 설명하고, 마지막에 요지를 다시 한 번 정리하는 것이다.

이처럼 체계화된 스피치 스킬을 일명 샌드위치 화법 혹은 프렙(PREP: Point- Reason-Example-Point) 화법이라고 한다. 우선 주장이나 요구사항을 지적한 후(Point), 그것의 타당한 근거와 이유를 제시하고(Reason), 사례를 들어 설명한 다음(Example), 다시 한 번 주장이나 요구사항을 재강조(Point)하는 것이다.

아주 쉽게 예를 하나 들어 보자. 아이가 엄마에게 밥을 달라고 할 때 주로 이렇게 말한다.

"엄마, 밥 주세요. 배고파 죽겠어요. 빨리 밥 주세요."

간단한 표현 같지만 아주 논리적이다. 먼저 핵심 당사자인 '엄마'에게 핵심 메시지인 '밥을 달라'고 간결하게 요구(Point) 한다. 그리고 뒤이어 '배고파 죽겠다'는 말로 밥을 달라는 명확한 이유와 근거

(Reason)를 제시한다. 그리고 마지막에 다시 한 번 '밥을 달라'고 재차 요구(Point)한다. 물론 사례, 즉 예시(Example)가 빠져 있기는 하지만, 샌드위치 화법의 가장 중요한 구성인 주장하는 메시지의 연역적, 귀납적 배치가 탁월하다고 볼 수 있고, 그 주장의 근거 또한 배가 고프다는 간결함으로 엄마를 움직이고 있다. 어쩌면 우리는 모두 본능적으로 이미 샌드위치 화법을 이해하고 있는지도 모르겠다.

리더로서 구성원들에게 지적과 피드백을 할 때도 샌드위치 화법이 유용하게 활용될 수 있다. 즉, 칭찬을 활용하여 다소 까다로운 부정적 피드백과 업무개선의 요구들을 우호적인 분위기 하에서 진행할 수 있는 것이다. 우선 구성원에게 감사와 칭찬의 말로 시작한다. 그러면 구성원은 부정적인 평가와 질책이 아니라는 생각에 긴장을 풀게 되어 뒤이어서 이야기할 업무지적과 피드백에 대해 감정적으로 큰 거부감 없이 받아들일 수 있는 것이다.

"김주임, 나는 자네가 제출한 기획안이 빈틈없이 아주 잘되었다고 생각해. 그런데 말이야, 두 군데 정도 이해하기 어려운 표현들이 있더군. 자네 같이 꼼꼼하고 성실한 사람이 이 같은 실수를 하다니 시간이 너무 촉박했었나 싶네. 다시 가지고 가서 이 두 곳을 잘 고쳐보도록 하지. 자네라면 틀림없이 잘 해낼 수 있을 거야."

구성원을 향한 리더의 코칭과 피드백에 있어 가장 중요한 것은 상대방의 자존심에 상처를 주지 않도록 해야 한다는 것이다. 미래의 발전적인 동기부여를 위해서는 감정적인 반발이 있어서는 안되기 때문이다. 이를 위해 특히 주의해야 할 사항은 부정적 피드백의 장소 즉, 공간의 선정이다. 아무리 부드럽게 지적한다 할지라도 동료들이 모두 함께 있는 공간에서 업무지적을 하게 되면 칭찬과 메시지의 내용과는 별개로 심적 반발을 일으킬 수 있기 때문이다.

'말을 함부로 쏟아버리지 마라.'

– 법정스님

02

 긍정화법(YES, BUT)

사람은 누구나 '인정'받고 싶은 욕구가 있다. 아무도 보지 않는 곳에서 일을 한다 하더라도 "나는 당신을 응원하며 늘 지켜보고 있습니다."와 같은 말 한마디는 강력한 동기부여가 되기도 한다. 왜냐하면 인간의 가장 큰 욕망은 '인정과 존중'이기 때문이다.

일명 긍정화법이란 상대방이 나와 상반된 어떠한 반박과 주장을 하더라도 우선 인정해 주는 화법을 의미한다. 당연히 반론과 반박의 과정이 있겠지만, 우선 상대방의 말을 인정해 주는 대화의 순서가 매우 중요하다는 것이다. 일단 상대가 무슨 이야기를 하든, 비록 부정적인 의견일지라도 최대한 수용의 자세를 보여주는 것이다. 상대방을 인정하는 긍정적인 대화 프로세스는 상호간 우호적인 분위기를 연출하게 되는 것이다.

사실 긍정화법 혹은 'Yes, But' 화법은 상대의 의견을 충분히 수용한 후 자신의 의견을 살짝 덧붙이는 탁월한 스피치 스킬로서 대단히 유용하게 여러 분야에서 활용되고 있다. 특히 비즈니스 분야에서는 '거절처리' 기법으로도 많이 사용된다.

가령 비즈니스 목적으로 고객과 가격협상 혹은 구매상담 중에 제품과 가격에 관한 막판 결정을 위한 중요한 논쟁이 일어날 경우가 있다. 명확한 입장 차이가 발생하였을 때 가장 중요한 것은 설득 이전에 고객의 감정을 상하지 않게 하는 것이다. 즉, 가장 우선할 것은 고객이 제시하는 모든 부정적 견해에 대해서 일단 '공감'하는 것이다. 제품과 가격에 상호입장과 기대의 첨예한 대립이 있다 하더라도 가장 먼저 정서적 공감을 도모하는 화법이 바로 '긍정화법' 혹은 'Yes, But 화법'이다.

A(상대방): 제안한 제품과 서비스는 마음에 들지만 가격대가 생각보다 높아서 안 되겠어요. 애초의 계획했던 예산과는 전혀 맞지 않아요.

B(설득자): 네, 사장님 말씀 충분히 이해됩니다. 저라도 분명히 그렇게 느꼈을 겁니다. 그런데 만약 가격만을 생각해서 기대수준이 낮은 다른 제품과 서비스를 제안드렸다면 분명 강한 거부감을 가지셨을 겁니다. 사실 제안드린 제품과 서비스가 가장 최선의 가격은 아닙니다. 하지만 최근 시장에서는 가장 높은 점유율을 차지하고 있다는 점을 알아주시기 바랍니다. 가격이 있는 만큼 최고의 만족을 약속드리겠습니다.

치열한 비즈니스 설득의 현장에서는 긍정화법(Yes, But 화법)과 더불어 3F기법도 함께 활용하면 훨씬 좋을 듯하다. 상대방의 감정을 인정하고 공감하며 재차 강조하는 스피치 기법으로 3F의 세부내용은 아래와 같다.

첫째, 상대방의 감정을 인정하는 F(Feel).

상대방이 느낀 불만 또는 거절의 감정과 이유에 대해서 있는 그대로 인정하는 것이다. 즉, 상대의 입장에서 볼 때 충분히 그런 생각과 감정을 할 수 있음에 수용적으로 반응하는 것이다.

"그렇게 느끼시는군요. 이해합니다."
"네. 그렇게 판단하시는 게 당연합니다."

둘째, 상대방의 감정에 공감하는 F(Felt).

과거에 동일하거나 유사한 입장에서, 설득자도 그렇게 생각하고 느꼈다는 점을 강조한다. 공감대를 형성하고, 충분히 공감하고 있다는 점을 표현하는 것이다.

"저도 예전에 비슷한 경험을 했습니다."
"저도 그렇게 생각했었습니다."

셋째, 상대방이 몰랐던 점을 강조하는 F(Found).

새롭게 발견된 내용을 강조하는 것이다. 상대방이 거절하고 우려했던 사항들이 실제로는 일어나지 않거나 다르다는 점을 강조하는 것이다.

"저희 제품에는 가격 이상의 가치가 있다는 걸 구매한 많은 분들이 발견하셨습니다."
"알고 보니 다른 점이 있더군요."

3F기법의 핵심을 요약하면, 상대방의 입장에서 충분히 인정하고 공감한 이후에 상대방이 몰랐던 점이나 미처 깨닫지 못하고 있는 부분을 교정하고 보완하는 것이 설득에 매우 효과적이라는 것이다.

주의해야 할 사항은 종종 상대방의 무지를 직접적으로 언급하거나, 비아냥거리는 것으로 느끼게 한다면 상대방의 '방어기제'가 작동될 수 있음을 인지해야 한다. 언제나 과유불급이다. 지나치면 모자람만 못하다.

> '쓴소리를 내뱉으려면 단맛을 곁들여라.
> 쓴소리는 아무 도움도 안되고 쓰기만 하다.'
> - 무명

에피소드 화법(STORY)

상대방을 설득하기 위해서는 메시지의 내용도 중요하지만 전달하는 방법이 중요하다. 메시지 전달의 방법은 기원전 고대 그리스 수사학의 영역에서부터 많이 연구되어 왔는데, 은유와 비유적 표현, 즉 다양한 수사어구를 통해 주제를 부각시키고 정서를 전달하는 것이 가장 좋은 방법이라는 것이다. 이러한 수사의 과정에서 탁월한 것이 에피소드(story)를 적극적으로 활용하는 것이다.

에피소드 혹은 스토리의 힘은 생각보다 강력하다. 왜냐하면 사람은 기계적인 설명보다 흥미로운 이야기를 좋아하기 때문이다.

가령 사람들에게 선택의 중요성을 강조한다고 해보자. 제대로 선택하지 않으면 절대 안된다는 전형적이고 틀에 박힌 교과서적인 표현들은 인식과 행동에 큰 영향을 미치지 못할 것이다. 왜냐하면 오랫동안 반복해서 들어왔고 다분히 식상하기 때문이다.

하지만 어느 한 인물의 선택과 결단에 관한 에피소드 혹은 스토리는 인간의 감정을 자극함으로 인해 상대방의 행동에 큰 영향을 미치게 된다.

오래전에 암으로 세상을 등진 변화경영전문가 고 구본형 작가는 〈익숙한 것과의 결별〉이라는 책에서 직장인들에게 지속적인 변화와 혁신을 하지 않으면 결국 도태된다는 주장을 아래와 같은 충격적 실화를 통해 들려주었다.

"1998년 7월, 영국 스코틀랜드 근해 북해 유전에서 석유 시추선이 폭발하여 168명의 목숨이 희생된 사고가 발생하였다. 유일한 생존자 앤디 모칸(Andy Mochan)은 지옥 같은 그곳에서 지혜로운 판단과 행동으로 자신의 목숨을 구할 수 있었다.

사고 당일 밤, 깊이 잠들어 있던 그는 잠결에 들리는 엄청난 폭발음 소리에 본능적으로 밖으로 뛰쳐나갔다. 그의 눈앞에는 거대한 불기둥이 곳곳에서 요란한 소리와 함께 치솟고 있었다. 아무리 주위를 둘러봐도 피할 곳이라고는 없었다. 순간 그는 배의 난간을 향해 전력을 다해 뛰었다. 하지만 바다 역시 새어 나온 기름으로 불바다를 이루고 있었다. 그가 바다로 뛰어내린다 하더라도 길어야 30분 정도 여유가 있을 뿐이었다. 그 짧은 시간 안에 구조되지 못한다면 도저히 생존하기는 어려울 것으로 판단되었다. 더욱 공포스러운 상황은 그가 서있는 이 시추선의 갑판에서 바다의 수면까지의 높이가 거의 50미터라는 것이었다. 모든 것이 최악이었고 모든 것이 불확실했다. 무엇보다도 그는 너무도 두려웠다. 하지만 머뭇거림도 잠시, 그는 불꽃이 일렁이는 차가운 북해의 파도 속으로 몸을 던졌다. 무엇이 앤디 모칸을 바닷속으로 뛰어들게 만들었을까? 그가 단지 운이 좋았던 것일까? 끝까지 시추선에 남아 있다가 목숨을 잃은 168명은 왜 바다로 뛰어들지 않았을까? 168명 모두가 용기가 없었거나 운이 나빴던 것일까?

앤디 모칸은 삶과 죽음을 가르는 그 순간, '불타는 갑판'에 그대로 남아 있는 것은 곧 죽음을 기다리고 있는 것과 같다는 것을 확실히 깨달았다. 그리고 그는 바다로 과감히 뛰어들었다. 그것은 온전히 그만의 선택이었다. '확실한 죽음'으로부터 '죽을지도 모르는 가능한 삶'으로의 현명한 결단이었다."

(구본형 저 〈익숙한 것과의 결별〉 중에서)

변화경영전문가 고 구본형 작가는 자기선택의 중요성을 전하며 다음과 같이 독자들에게 질문하였다.

'당신은 유일한 생존자 앤디 모칸이 될 것인가? 아니면 두려움에 주저하다 시추선에서 죽음을 맞이한 168명 중의 한 명이 될 것인가?'

충격적인 스토리를 통해 확실한 죽음이냐, 아니면 가능한 삶이냐의 기로에서 많은 독자들에게 용기있는 선택과 행동의 중요성에 대해 큰 깨달음을 주었던 것이다.

에피소드를 통한 설득메시지 구성의 좋은 예시를 하나 더 소개해볼까 한다. 만약에 회사의 최고경영자(CEO)로서 주요 관리자들의 관료주의 문제점을 지적하고 임직원들의 유연하고 신속한 업무진행을 촉진해야 한다면, 일본에서 실제 발생했던 충격적인 실화를 통해 설득하고 동기부여하면 좋을 듯하다. 1986년 일본의 미하라 화산 폭발사태 때 있었던 관료주의의 충격적 폐해에 관한 이야기다.

"도쿄에서 남쪽으로 좀 떨어진 곳에는 '이즈 제도'란 곳이 있다. 그중 '오오시마'라는 섬 중앙부에 '미하라' 화산이 있었는데, 1986년 11월에 갑작스럽게 폭발했다. 12년 만에 활동을 재개한 것으로, 지자체에서는 화산 분화를 관광 상품으로 활용하고자 했다. 많은 관광객들이 화산활동을 구경하기 위해 몰려들었고, 화산도 그리 위험해 보이지 않았다.

그러나 일주일 후 갑자기 화산 활동이 급격히 거세지기 시작했고, 급기야 화산재가 8,000m 상공까지 치솟으며 화산탄이 날아다니게 되었고, 뜨거운 용암류가 흐르는 등 위험천만한 상황들이 진행되었다. 전례가 없는 대분화로 인해 무려 1만여 명의 주민들이 피난을 가야 했으나, 주민 3명 중에 1명은 거동이 불편한 노인이라 대피하는 데 많은 시간이 걸렸다. 설상가상으로 미하라산의 산기슭에서도 마그마가 터져 나오기 시작했고, 사람들은 결국 항구로 대피하였다. 소식을 듣고 달려온 민간어선들과 자위대, 해상보안청 소속 함선들이 주민들을 급히 실어 날랐다.

그 사이 일본 정부도 급박하게 돌아갔다. 비상사태에 직면한 국토성은 운수성 등 외부 부처의 담당 과장을 긴급 소집한 후 회의를 실시했다. 회의는 오랜 시간 계속되었는데, 정말 충격적이게도 당시의 회의 내용은 아래와 같았다고 한다.

첫 번째 회의 의제는 긴급한 피해대책이 아니라 재해 대책본부의 '명칭 선정'이었다. 즉, 재해 지역인 '이즈오오시마'를 기준으로 삼아 '오오시마 재해대책본부'로 할지, 아니면 문제의 화산인 미하라산을 기준으로 '미하라 화산 분화 대책본부'로 할 것인지가 논의되었던 것이다

두 번째 회의 의제는 '연도표기 방법'의 결정이었다. 대책과정의 모든 표기에 있어서 '서기 1986년'을 사용할지, 아니면 원호를 사용해 '쇼와 61년'을 사용할지를 논의한 것이다.

세 번째 회의 의제는 회의 '급'의 결정이었다. 즉, 어떤 회의 방식을 택할지 논의한 것이다. 약식 각료회의인가, 아니면 임시 내각회의인가를 결정하는 것인데, '약식 각료회의'는 긴급상황에서 내각 참사관이 내각 회의서를 들고 각 각료의 서명을 모아 의사결정하기 때문에 속도가 제일 빠르고, '임시 내각회의'는 각료들을 직접 소집하여 필요에 따라 실시하는 내각회의로 의사 통일을 하는 데 가장 무난하였다.

놀라운 사실은 이러한 정말 무의미한(?) 회의가 열리는 동안 국토성에서는 수상 관저에 아무런 연락을 하지 않았고, 실제 회의 내용을 알게 된 당시 총리와 관방장관은 격노하게 되었다. 관료들에

게만 재난대처를 맡겨놓았다가는 아무것도 할 수 없다고 판단한 이후 총리를 필두로 관방장관, 운수대신 등이 뭉쳐서 본격적인 피난민 이주 대책을 실시하게 되었다."

만일 위의 이야기를 듣고서 가슴에 고구마 한 덩어리가 얹힌 듯한 큰 답답함과 분노의 느낌을 받았다면 제대로 메시지가 전달된 것이다. 아무리 업무를 수행할 때 민첩하게 신속하게 하라고 소리쳐봤자 사람들은 대부분은 크게 반응하지 않을 것이다. 그런데 일본의 미화라 화산 사태와 같은 실제 스토리를 통해 메시지를 전하면 업무효율성과 긴급한 행동의 중요성에 대해 인식과 태도의 변화를 일으킬 것이다.

강력한 설득을 위해서는 설명하려 하지 말고 에피소드와 스토리로 말하자.

'어떤 것이든 가능하다. 당신이 충분히 용기를 낸다면.'

- 조앤 K 롤링

04

스피치 3S법칙과 핵심 6계명

　정치와 토론의 나라답게 영국에서는 탁월한 스피치를 위한 3S법칙이라는 것이 있다. 영국의 근대사에서 스피치를 잘하는 뛰어난 리더들의 공통점은 바로 3S법칙의 활용에 있었다.

　첫 번째 'S'는 Short를 의미한다. 간결하고 핵심적인 스피치를 강조하는 것으로 우선 결론부터 말하고 그 다음에 부연하여 설명하라는 것이다. 귀납적이 아닌 연역적 스피치를 강조하는 것이라고 할 수 있다.

　두 번째 'S'는 Sense를 의미한다. 감성적으로 센스 있는 스피치를 하라는 것으로 형용사와 부사를 적절하게 사용하라는 것이다. 예를 들어 단순히 '주장하는 바입니다' 보다는 '자신 있게 주장하는 바입니다'로 부사어를 활용하여 표현하면 스피치의 설득력이 높아진다는 것이다.

세 번째 'S'는 Salt를 의미한다. 설명조의 건조하고 밋밋한 스피치가 아닌 소금처럼 간이 들어가게 은유와 비유로 맛나게 표현하라는 것이다. 예를 들어 '군대에 입대한다'보다는 '이제 대한의 남아로서 조국을 수호하러 간다'로 예시와 비유를 활용하여 스피치를 구성하라는 것이다.

위의 스피치 3S법칙을 좀 더 세분화하면 6가지 항목으로 나눌 수 있다.

Short : 단순성, 간결성

Sense : 참신성, 리듬감

Salt : 흡인력, 시각화

요즘 시대의 사람들은 참 바쁘다. 따라서 특별한 의미가 들어 있지 않은 말들은 애써 기억하려 하지 않는다. 상대방이 귀를 기울일 수 있도록 해야 하고, 그 말이 인상 깊게 남도록 해야 한다.

좋은 스피치를 위해서는 몇 가지 중요한 틀이 있다. 그 틀을 구성해 메시지를 전달하면 분명한 차별성을 줄 수 있다.

필자는 위의 3S법칙을 6계명으로 다시 세분화하였는데, 메시지의 전달 효과를 높이며 탁월한 스피치를 위한 실천적 계명이라고 할 수 있다. 세부적인 계명들을 하나하나 충실히 이행한다면 설득스피치를 위한 유리한 고지를 점령할 수 있을 것이라 자신한다.

1계명 단순성 : 최대한 쉽게 말하라.

모름지기 최고의 스피치가 되기 위해서는 언제나 상대방을 중심으로 생각해야 한다. 대표적인 방법으로 상대방이 자주 쓰는 단어를 사용하는 것이 효과적이다.

사람들은 단순하고 쉬운 단어를 좋아한다. 이해가 전혀 되지 않는 전문용어들을 듣고서 굳이 사전까지 찾아가며 스스로 공부하는 등의 수고는 하지 않으려 한다. 책의 중간부분에서 언급한 인간의 '인지적 구두쇠'라는 본성 때문이다. 아주 소수의 사람들만이 언급된 전문용어의 뜻에 대해 궁금해할 뿐 거의 대부분 사람들은 자기 식대로 해석하거나, 아예 관심도 두지 않고 대충 넘어가려 한다.

난해하고 전문적인 단어들을 자주 활용하면 의도한 메시지는 제대로 전달될 수 없다. 심지어 잘난 척한다고 미운털이 박히거나, 모르는 전문용어를 써서 뭔가 나에게 사기를 친다고 의심까지 받을 수 있다. 그러니 쉬운 단어를 선택하는 것이 좋다. 설득자가 먼저 생각을 단순화하고 그 생각을 확신 있게 전할수록 상대방은 더욱 쉽게 이해할 수 있다. 이해가 쉽게 되면 상호간 대화도 잘되며 신뢰감 또한 높아지는 것이다.

최대한 쉽게 말해야 하는 것이 얼마나 중요한지, 쉬운 표현의 중요성을 위해 우리가 기억하는 영화의 명대사나 광고 문구를 통해 정리해 보자. 개인적으로 가장 강렬하게 남아 있는 문구는 나이키의 'Just do it'이다. 문구의 핵심은 누구라도 쉽게 기억하기 쉬운 단어들로 구성되어 있다는 것이다. 결코 특별하지 않지만, 간결한 문구로 사람들의 이목을 끈다. 그런데 그 간결함 자체가 차별성이 되었다. 전혀 광고처럼 느껴지지 않는다. 이처럼 우리의 기억에 오랫동안 남아 있는 광고 문구들의 특징은 어린아이들도 기억할 수 있을 정도로 매우 단순하다는 것이다.

어릴 때 많이 듣던 CM송은 또 어떤가. 우리나라 CM송의 거장이라고 할 수 있는 김도향 씨는 '12시에 만나요, 브라보콘', '맛동산 먹고 즐거운 파티' 등을 만들었는데, 이런 광고들이 지금도 우리 뇌리 속에 남아 있는 건 매우 단순한 용어와 단순한 멜로디 때문일 것이다.

사실 우리는 과거 그 어느 때보다도 광고가 범람하는 광고의 시대에 살고 있다. 다시 말해 우리는 과거 그 어느 때보다 더 많은 말들을 듣고 있는 것이다. 그러니 어려운 말을 듣고 그 말에 대해 깊이 생각해 볼 여유가 없다. 사람들은 최대한 편한 것을 원한다. 그것이 본능이다. 뇌의 정보 처리 방식이 그렇기 때문이다.

설득자가 전하는 말을 상대방이 기억하기 바란다면 최대한 단순하고 쉽게 말해야 한다. 만일 한 문장을 말할 때 평균적으로 15개 이상의 단어를 사용하고 있다면 단어의 수를 절반으로 줄이는 것이 좋다. 그런 상황에 전문용어를 써가며 길게 설명해 봤자 지루함만

줄 뿐 호기심을 이끌어 내지 못한다.

상대방과 통하는 말은 단순하고 쉬운 말이다. 그래야 전문지식이 없는 사람도 이해할 수 있고, 그래야만 효과적인 설득이 이뤄질수 있다. 최대한 쉽게 설명하는 것이 좋다. 스피치의 대가 버락 오바마 대통령의 연설도 세 단어씩 짧게 떨어지는 단순한 문장들로이뤄졌다는 걸 명심하자.

'간결함은 지혜의 본질이다.'

- 셰익스피어

2계명 간결성 : 최대한 짧게 말하라.

글로 사람을 설득하고 움직였던 셰익스피어는 이렇게 말했다. "보이는 것보다 많이 가지고, 아는 것보다 되도록 적게 말하라." 재차주지하지만 현대의 사람들은 늘 바쁘다. 아무리 좋은 말이라도 오래들어줄 시간이 없다. 그러니 최대한 짧게 말하는 습관을 들여야 한다. 길게 이 말 저 말 늘어놔봤자 오히려 괜하게 의심만 받는다.

10분 동안 말할 내용이 있더라도 그것을 3분으로 줄일 수 있다면 그렇게 하는 것이 좋다. 한 문장으로 설명이 가능하다면 그렇게하는 편이 좋다. 단어만으로도 설명이 가능하다면 그렇게 하는 것이 가장 현명한 것이다.

필자의 메인 직업은 전국구(?) 기업강사다. 그래서 전국의 고속

도로뿐만 아니라 지방의 국도를 자주 달린다. 지방의 국도변에서 그 지역의 주민들이 특산품을 팔기 위한 모습들을 늘 보게 된다. 그런데 대체적으로 특산품을 판매하기 위한 홍보문구들이 비체계적으로 너무 길다. 가령 이런 식이다.

> "꿀처럼 맛있는 포도를 직접 판매하고 있습니다. 구경만 하셔도 환영합니다."

그런데 오히려 이런 문구가 더 낫지 않을까?

> "꿀포도! 구경 대환영!"

핵심만 써놔도 사람들은 다 알아듣는다. 게다가 단어가 줄어든 결과 핵심 단어의 크기는 더욱 커지고, 그걸 보는 사람의 집중력은 더욱 높아진다. 최대한 짧게 핵심만 말하는 것이다.

미국에서 어떤 강연 기획자가 전문 강사에게 전화를 걸어 강연 요청을 했다.

기획자 : 강연료가 어떻게 되십니까?
강　사 : 시간에 따라 다릅니다.
기획자 : 30분 강연해 주시는 데 얼마입니까?

강 사 : 30분짜리 강의를 준비하는 데는 대략 하루 정도가 필요하니 강연료는 5,000달러입니다.

기획자 : 그럼 반나절 강의해 주시면 얼마를 드려야 할까요? 준비하는 데 시간이 얼마나 걸리시죠?

강 사 : 그 정도면 준비에는 대략 3시간 정도 소요되며, 강의료는 4,000달러면 충분합니다.

기획자 : 네? 그럼 하루 종일 강연을 한다면 얼마나 드려야 하나요? 준비 시간은 얼마나 필요합니까?

강 사 : 하루 종일 강연한다면 지금 당장이라도 가능하지요. 3,000달러면 됩니다.

두 사람의 전화 대화내용을 통해 전문강사가 강연 시간이 짧을수록 오히려 높은 강사료를 제시하는 것을 확인하였다. 이유는 짧은 강연일수록 더욱 치밀한 준비가 필요하며 더 많은 노력을 요하기 때문이라는 것이다. 할당된 시간이 적으면 적을수록 중요한 내용들을 효과적으로 전달하기 위해서 더욱 간결하고 함축적인 스피치가 필요하다.

간결하고 핵심적으로 문장과 문구들을 줄이는 작업은 결코 쉽지 않다. 논술 시험을 생각해 보라. 1000자 혹은 2000자 내외의 제한이 있는 것은 채점의 용이성에 의한 이유도 있겠지만, 짧은 문장들을 통해 얼마나 핵심적인 메시지를 잘 담아내는가를 확인하기 위함이다. 짧은 문장의 완성을 위해 더 많은 준비가 필요하다. 하고 싶은 말을 무한정 쓸 수 있다면 고민할 사람은 별로 없을 것이다.

소설가 마크 트웨인은 '나는 짧은 편지를 쓸 시간이 없어서 긴 편지를 썼다'라고 말하기까지 하였다.

스피치에서 가장 신경 써야 할 부분은 임팩트 있는 핵심의 메시지다. 장미를 선물할 때 우리는 장미의 잎과 뿌리까지는 선물하지 않는다. 핵심인 꽃과 함께 마음만 전달한다. 설득을 위한 스피치도 이와 같다. 상대방이 진심을 느낄 수 있도록 핵심만 전하는 것이다.

핵심 메시지의 간결한 스피치를 위해서는 이미지를 보여주는 것도 크게 도움이 된다. 바다에 한 번도 가보지 못한 아이에게 바다에 대해 설명한다고 해보자. 수평선의 갈매기, 넘실거리는 파도와 햇살, 백사장과 집게 등을 아무리 설명한다고 해도 실물을 보거나 사진을 보는 것만큼 이해하기가 쉽지는 않을 것이다.

'백문이불여일견(百聞而不如一見)'이라는 표현이 괜히 있는 것이 아니다. 그런 면에서 상대방에게 어떤 상황을 설명할 때 이미지를 제공할 수 있다면 금상첨화다. 즉, 다양한 사진과 그림 같은 이미지가 있다면 좋을 텐데, 만약 이런 이미지를 제시할 수 없다면 구체적인 묘사와 풍부한 표현을 통해 상대방이 중요한 이미지를 그릴 수 있도록 해야 한다.

가령 아이슈타인은 복잡한 상대성 이론을 이렇게 간결하게 묘사하였다.

"사랑하는 여인과 함께 하는 10시간은 1초처럼 느껴지나, 뜨거운 난로 위에 손을 올려놓는 1초는 10시간보다 더 길게 느껴진다."

이해하기 어려운 과학이론을 하나의 이미지 연상법을 통해 아주 쉽게 이해할 수 있도록 하였다. 리더의 스피치에 있어서도 늘 핵심을 어떻게 구체적인 묘사로 표현할지 매순간 연구하고 치열하게 고민하도록 하자.

'말 적은 이가 제일 좋은 사람이다.'
- 셰익스피어

3계명 일관성 : 핵심을 반복하라.

핵심의 지속적 반복이 얼마나 중요한지 오래된 TV광고 하나를 소개할까 한다. 건전지 에너자이저를 생각하면 무엇이 떠오르는가? 아마도 "백만 스물하나, 백만 스물둘, 백만 스물셋. 어? 다시! 하나, 둘, 셋"이라는 광고가 떠오를 것이다. '힘 좋고 오래가는 건전지'라는 것을 인식시키기 위해 숫자를 반복 사용한 것이다. 이로써 별다른 설명 없이도 원래 의도했던 '힘 좋고 오래가는 건전지'라는 점을 소비자에게 부각시킬 수 있었다.

극장에 가보면 영화 상영 전에 광고를 한다. 그런데 몇몇 광고는 한 번만 보여주는 것이 아니라 두 번, 세 번 노출을 한다. 이렇게 할 경우 사람들은 그 광고를 더 많이 기억한다.

현대에 사는 우리는 너무 많은 말들을 듣고 산다. 때문에 아무리 흥미를 끄는 말이라고 해도 단 한 번만 듣고서는 기억하지 못한다. 그러니 일관성 있는 반복으로 사람들로 하여금 기억하게 만드는 것이다.

가령 영어 공부할 때를 생각해 보자. 단어를 수도 없이 반복해서 쓰고 읽어야 완전히 암기가 된다. 따라서 스피치를 할 때도 중요하다면 일관성 있게 지속적으로 반복하는 것이 좋다.

100개의 꽃씨가 들어 있는 봉투를 하나 가지고 있고, 씨 하나에 한 번만 줄 수 있을 정도의 물을 가지고 있다고 치자. 이럴 때엔 둘 중 한 가지를 선택할 수 있다.

100개의 꽃씨를 한 번에 싹 뿌린 후 단 한 번만 물을 주고 비가 오기를 기다리거나, 몇 개의 꽃씨만을 뿌린 후 싹을 틔울 때까지 계속 물을 주는 것이다. 전자의 경우에는 만약 비가 오지 않는다면 씨는 싹을 제대로 틔우지 못하고 말라 죽을 수도 있다. 후자의 경우에는 몇 개의 꽃씨들에 집중하여 비의 여부와 상관없이 싹을 피우게 할 수 있다.

스피치에서 가장 중요한 메시지, 절대 잊어서는 안되는 문구는 최소한 두 번 이상 반복해서 말해야 한다. 특히 맨 처음과 맨 마지막에 한 번씩 강조하는 것이 좋다. 이렇게 해도 상대방은 내가 강조한 말을 기억하지 못할 것이다. 사람들은 누구나 자기가 듣고 싶은 내용만 듣고 그것만 기억하기 때문이다. 스피치를 위해 중요한 핵심문구라고 판단된다면 적어도 10번 이상은 강조한다고 생각하자.

사회적으로 성공한 CEO들은 핵심 문구의 반복에 대해 이렇게 말하기도 하였다. 퍼시 바네빅 ABB 회장은 "정말 중요한 일이라면 100번은 말하라. 내가 매번 같은 이야기를 한다고 스스로를 바보라고 생각지 마라. 정말 중요하다고 생각하는 일은 모든 사람의 뇌리에 새겨질 수 있도록 100번은 반복해야 한다."라고 말했다. GE의 최고경영자인 잭 웰치도 "구성원들에게 정말 전하고 싶은 메시지가 있는데 10번도 이야기하지 않으면 한 번도 이야기하지 않는 것과 같다."라고 말했다.

어떤 조사 결과에 의하면, 직원들은 CEO가 7번 이상 같은 말로 비전을 이야기해야 비로소 그 뜻을 이해한다고 한다. 즉, 리더가 구성원들을 원하는 방향으로 이끌기 위해서는 일관성 있게 지속적으로 핵심의 메시지를 반복해야 하는 것이다.

상대방의 머릿속에 전달하는 말을 확실하게 기억시키기 위해서는 반복이 필수다. 말하는 이는 같은 말을 반복하기 때문에 지칠지 모르지만, 상대방의 입장에서는 난생 처음 듣는 이야기일 수도 있다. 때로는 상대방에 따라서 자신의 입맛에 맞게 바꿔서 기억하기도 한다. 그러니 핵심이 되는 말을 반복하는 것은 중요하다.

하지만 전달하고자 하는 말의 핵심을 찾아내고, 그 핵심을 반복적으로 전달하는 데는 상당한 노하우가 필요하다. 너무 노골적으로 같은 말을 반복한다고 여겨지면 상대방은 좋아하지 않기 때문이다. 같은 말이라도 표현법이 다를 수 있는 것처럼 이야기 속에 핵심을 녹여 여러 번 반복하라. 대중가요의 가사를 생각하면 될 듯하다. 앞뒤 댓구만 달라져도 반복 문구가 새롭고 재미있게 들린다.

때로는 질문을 던지는 형식으로, 때로는 동의를 구하는 형식으로, 때로는 이야기를 전달하는 형식으로 형태를 다양하게 바꿔가면서 전달하도록 하자. 하지만 그 와중에 기본적으로 전하고자 하는 핵심의 메시지가 변해서는 안된다. 중요한 메시지는 일관성이 있어야 하고, 반복하는 것도 그 일관성을 위함이다. 이 점을 놓쳐서는 안된다.

'목표를 달성하는 유일한 길은 작은 일의 반복이다.'

- 로버트 마우어

4계명 참신성 : 참신한 단어를 선택하라.

사람은 언제나 새로운 것에 주목한다. 쉽게 싫증을 느끼기 때문이다. 충격적이거나 놀랍지 않다면 금세 다른 것으로 관심을 돌린다. 사람들이 여행을 좋아하는 이유도 이 때문이다. 이미 경험해 본 것이나 전형적인 것보다는 새로운 장소, 색다른 호텔, 색다른 음식 등 새로운 것을 동경한다. 일상의 반복에서 이런 새로움은 생활의 활력이며 기운을 충전해 주는 요소가 된다.

스피치에서도 마찬가지다. 이미 들어본 단어와 문구는 아무리 중요하다고 강조를 해도 짜증만 날 뿐 큰 관심을 갖기가 어렵다. 특히 이미 고정되고 지극히 평범한 낡은 개념들은 사람들에게 외면받기가 쉽다. 뭔가 용어와 단어가 새로워야 귀가 솔깃하고 귀를 기울이게 된다. 따라서 상대방과 통하는 말들은 낡은 개념에 새로운 정의와 개념을 부여할 때 탄생한다.

한적한 시골길을 가고 있는데 언제나 보던 누런 황소가 풀을 뜯고 있다면 그냥 '누런 황소가 풀을 뜯고 있구나. 참 한가롭네!' 하면서 아무렇지 않게 그냥 지나칠 것이다. 그러나 핑크빛 황소가 풀을 뜯고 있다면?

사막에 낙타들이 줄지어 가고 있다. 그저 '낙타가 줄지어 지나가고 있구나!' 하는 생각 외에 어떤 감흥도 없을 것이다. 그런데 그중에 파란색 낙타가 단 한 마리라도 끼어 있다면? 검은색 백조를 봐야 놀라움이 일고 호기심이 생기지, 흰색 백조는 아무리 본다 한들 '백조' 이상의 반응을 이끌어 내기 어렵다.

참신한 단어와 표현은 새로운 해석을 제공할 수 있다. '어? 그렇게는 한번도 생각해보지 못했는데요!'라는 반응을 상대방으로부터 이끌어 낼 수 있는 것이다. 즉, 상대방의 흥미를 끌 만한 단어와 표현은 상대방을 나에게로 주목하게 하는 힘이 생기게 하는 것이다. 가령 예를 들어 보자. 어떤 결정을 요청할 때 '이제 결정하시죠?'라고 했다면, 그 다음에는 '자, 이제 결단하시죠?'라고 단어와 표현을 바꾸는 것이다. 그러면 놀랍게도 '결정'에서 '결단'으로 용어 하나만을 바꾸었을 뿐인데 상대방이 긍정적인 반응을 보이기도 한다는 것이다.

사실 사람들은 개별적으로 선호하는 단어와 용어들이 있다. 필자의 경우 '열정' 혹은 '용기'라는 표현을 가장 선호한다. 만약 상대방이 이 단어들을 활용하여 스피치하면 놀랍게도 내 안에서 울컥하고 무언가가 올라온다. 물론 외부에서는 전혀 알 수가 없는 나만이 알고 있는 놀라운 반응인 것이다.

영국 신문사 가디언지의 통계자료에 따르면, 영국인들이 가장 좋아하는 단어들은 '희망, 엄마, 예수, 기쁨, 무지개, 우연 등등'이었다고 한다. 이는 영국인들이 특별히 선호하는 용어들로, 그들과 비즈니스 대화 시에 활용하면 친밀함과 신뢰를 얻는 데 좋은 방법이 될 수 있다는 것이다.

기억하자. 참신한 용어와 선호하는 표현들이 특별한 스피치를 완성한다.

'그 여정이 바로 보상이다.'
- 스티브 잡스

5계명 리듬감 : 리듬과 변화를 주어라.

학창 시절을 떠올려 보자. 듣기 싫은 과목의 지루한 부분을 아주 재미있게 가르쳐 주는 선생님이 있는가 하면, 좋아하는 과목의 흥미 있는 부분을 졸릴 정도로 재미없게 가르쳐 주는 선생님도 있었다. 평범한 다큐멘터리를 아주 흥미진진한 액션 스릴러를 본 듯이 흥미롭게 이야기해 주는 친구가 있는가 하면, 모두가 깔깔대고 본 코미디 프로그램을 대체 뭐가 웃긴 건지 포인트를 잡을 수 없게 밋밋하게 전하는 친구도 있었다.

그럼, 수업을 따분하게 진행하는 선생님이나 이야기를 재미없게 전하는 친구의 공통점은 과연 무엇인가. 바로 스피치의 억양 혹은 강약이 없다는 점이다. 지루하게 수업을 진행하는 선생님의 목소리는 한결같이 낮고 느리고 조용조용하다. 재미없게 이야기를 전하는 친구는 자기가 먼저 그 이야기에 도취되어 높은 톤의 목소리로 쉴 새 없이 조잘댄다. 이러면 뭐가 핵심인지 알 수가 없다. 어디를 집중해서 들어야 할지 감이 잡히지 않는다. 그러니 듣는 사람 입장에서는 흥미가 떨어지고 귀가 멀어지는 것이다.

이처럼 말의 리듬이 없다면 상대방은 설득스피커의 이야기를 듣는 내내 어느 부분이 핵심인지, 자신이 꼭 알아야 할 부분은 무엇인지, 본인이 직접 챙겨야 하는 사항은 어떤 건지 파악하지 못하고 넘어가게 되며, 이는 불편함과 불안감을 안겨주게 된다. 혹은 '내가 왜 이런 재미도 없고 도움도 안되는 말을 듣느라 시간을 허비해야 되나' 싶어 그 자리를 빨리 벗어나려 할 것이다.

소설이나 영화를 보자. '기-승-전-결'이나 '발단-전개-위기-절정-결말' 등의 일정한 구조를 지니고 있고, 이런 구조가 강약을 조절한다. 즉, 처음에는 긴장감이 낮으나 시간이 갈수록 긴장감이 높아지고, 긴장감이 최고에 달했다가 사건이 해결되면서 긴장이 해소되는 것이다. 스피치에서도 이처럼 소설이나 영화 같은 일정한 구조가 필요하다. 즉, 처음에는 되도록 흥미를 주는 이야기로 시작해 긴장감은 낮추고 친밀감을 높여야 한다. 그래야 상대방이 나의 이야기에 귀를 기울인다. 미국의 정치인 등 대중들에게 좋은 평가를 받는 정치연설가들의 공통점은 바로 스피치에 있어 이러한 리듬과 변화에 탁월한 능력을 보여주었다는 것이다.

말의 억양이나 문장의 강약을 조절해 주는 일은 중요하다. 강조할 부분은 빠르고 경쾌하지만 단호한 어조로 이야기하며, 상대방이 생각할 시간이 필요하거나 보다 상세한 설명을 필요로 할 경우에는 침착하고 낮은 어조로 말해야 한다.

우리는 보통 책에서 읽은 내용보다 노래가사를 더욱 쉽게 기억한다. 김소월의 '진달래꽃'이나 정지용의 '향수', 김동환의 '산 너머 남촌에는' 같은 시를 쉽게 기억할 수 있는 것은 바로 리듬감 있는 멜로디 때문이다. 그냥 읽는 것보다는 멜로디를 붙여 따라 부르는 편이 재미도 있고 기억하기도 쉽다. 광고의 CM송도 그러한 효과를 노리고 있고, 우리는 쉽게 광고에 등장하는 노래를 기억하며 떠올린다. 효과적인 말과 메시지의 전달을 원한다면 리듬을 살려야 한다. 말에도 늘 어조가 있다. 강조해야 할 부분, 조금 빠르게 지나쳐도 되는 부분, 낮고 천천히 말해야 할 부분, 여러 번 반복해야 할 부분이 가락이 다르고 억양이 다르다. 이것을 다 똑같은 어조로 말해버린다면 그건 '소통하는 대화가 아니라 그저 '일방적으로 내뱉는 말'에 불과하다. 자장가가 졸린 건 단조롭고 차분한 멜로디 때문이다. 아무리 듣기 좋은 노래라도 비트가 센 부분만 강조되고 반복된다면 귀가 아프고 괴롭다.

자장가나 한결같이 비트가 센 노래를 불러 젖혀서는 안된다. 말에 감정을 실어 강조할 부분은 소리를 높여 천천히 끊어서 말하고, 중요치 않지만 그래도 말을 해야 할 부분은 재빠르게 넘어가는 것이다. 그리고 왜 그 부분을 강조했는지 차분하고 느린 어조로 자세히 설명하자. 전하는 말의 어조가 변화무쌍할 때 상대방은 더욱 호기심을 갖고 더욱 더 귀를 기울일 것이다.

> **'이 순간을 넘어야 다음 문이 열린다.**
> **그래야 내가 원하는 세상으로 갈 수 있다.'**
> － 김연아

6계명 시각화 : 말로 그림을 그려라.

'화의능달만언(畵意能達萬言).'

공자가 한 말로 '그림 하나가 만마디 말 가치에 버금간다'는 뜻이다. '백문불여일견(百聞不如一見)'과 맥락을 같이 하는 표현으로 시각적 요소의 중요성을 언급한 것이다.

기다리고 기다리던 여름휴가 때 사랑하는 가족들과 멋진 여행을 위해 여행사를 방문했다고 하자. 여행 기간에 잠자고 머물 곳은 최대의 관심사다. 당연히 묵을 곳이 어디인지 궁금하며, 고급 펜션이라고 한다면 더욱 호기심이 일 것이다. 당연히 펜션의 구조를 보여주는 잘 나온 사진이나 그림, 배치도를 보여주는 것이 최적의 선택을 위해 반드시 필요할 것이다. 하지만 이러한 시각적 자료가 준비되지 않았을 경우에는 말로 하는 설명에 의존할 수밖에 없다. 설명을 잘하는 여행매니저라면 펜션 입구부터 방 배치, 욕실 위치까지 고객의 머릿속에 펜션의 구체적 구조가 그려질 수 있도록 설명해줄 것이다.

"펜션 앞에는 어린아이의 허리까지 오는 깊이의 개울이 있어서 낮에 아이들이 놀기 좋아요. 개울의 돌을 이용해 수영장처럼 만들어 놨으니 더욱 만족하실 겁니다. 주차장은 총 10대를 주차할 수 있으며, 족구를 할 수 있을 만큼 넓은 마당에는 잔디가 깔려 있습니다. 잔디밭에서 바비큐 파티도 가능하고요. 펜션 내부로 들어가시면 1층에는 가족 모두가 같이 식사할 수 있는 넓은 거실이 있고 방은 1층에 세 개, 2층에 두 개로 총 다섯 개가 있고요, 욕실은 1층과 2층 각각 한 개씩 있습니다.

모두 원목 소재의 마감재를 사용했기 때문에 펜션 내부에서만 휴식을 취하셔도 충분히 좋으실 겁니다. 2층에는 아름다운 경치를 볼 수 있는 베란다가 있는데요, 저녁에 사랑하는 부인과 와인 한 잔하시면서 쏟아지는 별을 보신다면 로맨틱한 분위기에 흠뻑 젖으실 수 있습니다."

위와 같은 설명을 듣는다면 여행에 대한 기대와 호감이 한껏 상승할 것이다. 이 여행사를 택하길 잘했다는 생각이 들고, 여행지를 잘 선택했다는 생각에 어서 빨리 가고 싶어질 것이다.

하지만 반면에 이렇게 말하는 여행매니저도 있을 것이다.

"방은 두 개이고 화장실은 한 개입니다. 모든 방에 침대가 설치되어 있습니다."

만일 이런 식의 설명을 듣는다면 우리가 지금 제대로 된 숙소를 골랐는지 걱정부터 앞설 것이며, 이 여행을 가야 할지 말아야 할지 망설여질 것이다. 탁월한 스피치를 위해서는 마치 말로 그림을 그려 가듯 연상하고 상상하게 하는 것이 중요하다.

'달이 빛난다고 말하지 말고 깨진 유리조각에
반짝이는 한 줄기 빛을 보여줘라.'
- 안톤 체호프

PART 9

위대한 리더들의
설득스피치

01

리더의 커뮤니케이션 역량과 자가진단

　　조직의 리더에게 구성원들이 가장 원하는 커뮤니케이션은 아마도 이심전심(以心傳心)일 것이다. 그러나 현실은 안타깝게도 늘 동상이몽(同床異夢)일 확률이 높다.

　　오죽했으면 기원전 2500여년 경 고대 이집트인들이 기록한 파피루스(종이)에도 '요즘 애들이란…' 말이 적혀 있겠는가. 옛날이나 지금이나 세월이 아무리 흘러도 조직에서는 상사와 부하, 가정에서는 부모와 자식 간의 커뮤니케이션은 늘 어려운 법이다. 하지만 21세기 디지털시대에 리더에게 가장 필요한 역량이 있다면 아마도 커뮤니케이션 능력일 것이다. 매번 어렵고 힘들지만, 탁월한 리더가 되기 위해서는 반드시 이수해야 할 일종의 전공필수 과목인 것이다.

　　아래에는 건국대 의과대학 정신과 전문의인 하지현 교수가 추천한 커뮤니케이션 진단 항목들이다. 스스로를 평가해서 평소에 잘하고 있으면 '○'으로 체크하고, 잘 못하고 있으면 '×'로 표시해 보자.

이러한 세부 항목들을 통해 커뮤니케이션 자가진단을 해봄으로써 리더로서 개선해야 할 커뮤니케이션 역량들을 확인하는 데 분명한 도움을 줄 것이다.

- [ ] 나는 대화를 할 때 상대방과 눈을 잘 맞추는 편이다.
- [ ] 적당한 시기에 고개를 끄덕이거나, '음' '아, 그랬군요'와 같은 말을 하려 노력한다.
- [ ] 말이 잠시 끊겨 어색해 지더라도 잘 견디는 편이다.
- [ ] 상대방이 너무 긴장하고 있는 듯하면 가벼운 농담을 던지며 분위기를 풀어 준다.
- [ ] 대화의 내용도 중요하지만 전체적인 대화의 흐름을 쫓아가려 애쓴다.
- [ ] 중간에 매우 관심 있는 내용이나 이해가 잘 안되는 이야기가 나오더라도 일단 참고 끝까지 듣는다.
- [ ] '그랬어요? 몰랐던 내용인데 감사합니다'와 같이 상대에게 배운다는 태도를 유지한다.
- [ ] 목소리의 톤, 음량, 제스처 등에 대해서도 신경을 많이 쓰는 편이다.
- [ ] 말이 길어져 흐름을 놓친 것 같으면 중간에 지금까지의 대화를 정리해 주고 방향을 잡아 주곤 한다.
- [ ] 내가 주도하기보다 상대방에게 잘 맞춰 준다는 느낌으로 대화를 한다.

위 항목들마다 동그라미(○) 혹은 엑스(×)로 체크했으면 그 다음은 과연 몇 개의 동그라미를 체크하였는지 카운팅을 해보자. 동그라미가 8개 이상이면 리더로서 굉장히 훌륭한 커뮤니케이션 역량을 발휘하고 있다고 말할 수 있다. 하지만 동그라미가 5개 이하면 조금은 심각하게 받아들일 필요가 있다. 거두절미하고 ×로 체크한 항목들을 모두 0로 바꿀 수 있도록 노력해 보자.

리더로서 커뮤니케이션 역량은 분명히 계발하고 습득할 수 있는 역량이다. 탁월한 리더십을 발휘하기 위해서라도 반드시 8개 이상의 항목에 동그라미(◎)를 체크할 수 있도록 최선의 노력을 다해보자.

'인간에게 있어서 가장 중요한 능력은 자기 표현이며, 현대의 경영이나 관리는 커뮤니케이션에 의해 좌우된다.'

- 피터 드러커

02

 마음을 움직이는 위대한 리더들의
설득스피치 핵심 덕목

인류역사상 최고의 연설가는 누구일까? 물론 고대 그리스의 키케로를 비롯하여 너무도 많은 탁월한 연설가들이 있었지만, 필자에게 오로지 한 사람만을 추천할 수 있다면 안타깝게도 독일의 히틀러라고 말하겠다. 그는 수많은 사람들을 학살한 전쟁광이자 악마였지만, 그의 연설만은 가히 신의 경지이자 예술의 경지였다라고 평가할 수 있다.

그러나 뛰어난 언변과 현란한 연설을 자랑하던 히틀러였지만, 정치지도자로서 반드시 필요한 중요한 한 가지가 없었다. 바로 리더로서 반드시 가져야 할 인간에 대한 보편적 사랑, 인류애가 전무했다. 즉, 뛰어난 메신저로서 놀라운 스킬은 있었던 반면 리더로서 정상적인 스피릿(태도)이 없었으니, 온 인류에게 그의 연설은 파멸의 독(毒)이 되었던 것이다.

멀리 생각할 필요 없다. 사이비 교주들을 떠올려 보자. 신에 대한 순수한 사랑과 영혼의 중요성을 말하는 듯하지만, 정작 교주 자신을 우상화하는 데 미사어구를 쏟아내고, 수많은 예화들로 거짓을 사실처럼 조작한다. 참으로 놀라운 것은 지속적이고 반복적으로 쏟아내는 거짓된 내용들이 어느 순간 정말 사실로 굳어져 버린다는 것이다.

심리학에서는 이러한 현상을 '리플리 증후군'이라 부른다. 리플리 증후군은 자신이 주장하는 허구의 세계를 완전히 진실이라고 믿으면서 거짓말과 행동을 반복하는 반사회적 인격장애라고 하는데, 보통 사회적인 성취에 대한 욕구가 매우 크지만 현실적으로는 도저히 성공할 수 없는 경우에 발생하게 된다고 한다. 즉, 역량과 능력은 안되는데 너무 간절한 나머지 현실을 부정하고 자신이 바라는 세상을 가공해 그 세계를 실제라고 여기는 것이다.

사실 정치지도자와 같이 대중들에게 많은 영향력을 끼치는 중요한 리더들에게 설득과 스피치는 매우 중요한 정치적 수단이라고 할 수 있다. 왜냐하면 말을 통한 영향력은 리더십의 본질이고 핵심의 역량이기 때문이다.

지금까지 역사적으로 대중들의 마음을 움직이며 영향력을 크게 미쳤던 위대한 리더들의 설득스피치는 크게 3가지 특징으로 정리할 수 있다.

첫째, 사람들의 생각을 잘 읽으려 노력하고, 리더가 늘 사람들 편에 서있음을 인식시켰다. 평소에 신뢰와 믿음을 주는 사람으로 인식되게 하는 것이다. 수사학의 아버지 아리스토텔레스는 리더로서 설득메시지의 영향력을 위해서는 평소에 좋은 평판을 유지하라고 강조하였다. 가랑비에 옷 젖듯이 구성원과 평소에 좋은 감정과 신뢰관계를 형성해 놓으면 혹시라도 메시지 구성이 빈약하고 부족하여도 전하는 메신저에게 신뢰가 있기 때문에 설득스피치에 힘을 받게 되는 것이다.

둘째. 탁월한 리더는 설득스피치에 분명한 명분과 의미를 부여한다. 즉, 명확한 당위성으로 대중들을 움직이게 하는 것이다. '무엇을 하도록 만들기' 이전에 '무엇을 왜 해야 하는지'가 잘 전달이 된다면, 그 무엇을 위해서 움직이게 되는 것이다.

사실 사람은 매우 논리적이고 이성적으로 판단하고 행동하는 듯하지만, 때로는 명분과 명분에 의해서 큰 인생의 결정을 한다. 왜냐하면 책의 서두에서도 서술하였지만 인정의 욕망, 존경의 욕망이 있기 때문이다. 솔직히 실리에 따라서 움직이는 사람은 분명 개인적으로 만족스런 삶을 살지는 모르겠지만 주변인들에게 존경받기는 매우 힘들다.

충분히 가능한 개인적 이득을 포기하고 사회적 명분과 인간적 명예를 택한 리더에게 많은 이들이 따르게 되는 것은 너무도 당연한 것이다. 참으로 많은 훌륭한 리더들이 있지만, 대의명분을 선택한 대표적인 한 사람이 바로 미국의 조지 워싱턴이다. 미합중국의 초대 대통령으로서 마음만 먹으로 얼마든지 계속해서 연임할 수 있었지만, 민주주의의 올바른 정착과 평화유지를 위해 스스로 권력의 욕망을 과감히 내려놓았다.

셋째, 인류사에 큰 영향을 미친 탁월한 리더들의 설득스피치에는 강한 확신과 자신감이 있었다. 뛰어난 책임감으로 주어진 역할을 성실히 수행하겠다는 리더의 확신에 찬 표현과 강력한 주장은 사람들에게 높은 신뢰감을 주게 된다. 두려움에 떠는 나약한 리더를 충실히 잘 따르고 추종할 사람은 없기 때문이다.

사실 사람은 누구나 변화와 혁신, 새로운 시작에 두려움을 느낀다. 왜냐하면 단 한 번도 가보지 않은 길이기 때문이다. 그런데 리더의 용기 있고 자신감 있는 스피치는 대중들에게 전염되며, 놀라운 동기부여를 일으키게 된다.

필자는 대학 시절 우연히 읽은 한 권의 책을 통해 참으로 용기 있는 리더 한 분을 만나게 되었으며, 지금까지도 늘 존경의 마음을 갖고 있다. 바로 5.18 광주항쟁에서 마지막까지 전남도청을 사수하고자 한 시민군 대변인 '윤상원 열사'다. 5월 광주의 노래 '임을 위한 행진곡'의 실제 주인공인 그는 공수부대의 총공세가 얼마 남지 않은 상황에서 동료들에게 확신에 찬 목소리로 다음과 같은 연설을 하였다고 한다.

"우리는 오늘 패배할 것입니다. 그러나 역사는 우리를 반드시 승리자로 기억할 것입니다. 끝까지 저항함으로써 우리는 결코 불순분자가 아니며 민주주의를 위해 목숨을 걸고 나아간 아름다운 사람들로 기억될 것입니다."

하나뿐인 목숨을 담보로 어쩌면 너무나 비합리적이고 비실리적인 선택이라고 할 수 있다. 하지만 리더로서 확신에 찬 명분, 즉 민주주의의 최후 승리자로서 비겁하게 도망가기보다는 명예롭게 영광스런 죽음을 맞이하자는 그의 언변은 지금까지 많은 젊은이들을 향해 정의로운 세상의 귀한 밀알이 되도록 하고 있다.

'살아도 죽은 사람이 있고 죽어도 산 사람이 있다.'

– 법정스님

03

히틀러가 될 것인가?
히어로가 될 것인가?

군인이었던 나폴레옹을 정치에 등용시킨 18세기의 프랑스 총리 '샤를 탈레랑'은 리더십에 대하여 이런 말을 남겼다.

'나는 한 마리의 양이 이끄는 백 마리의 사자 무리보다 한 마리의 사자가 이끄는 백 마리의 양떼가 더 두렵다.'

진정한 리더란 스스로 가치 있는 존재가 됨으로써 타인에게 그 가치를 더해 주는 것이다. 탁월한 리더의 설득스피치는 구성원들의 열정을 깨우고 행동하게 하는 것이라고 할 수 있는데, 무엇보다 리더 스스로가 깨닫고 결단하며 나아가고자 하는 확신과 용기가 더욱 중요하다는 것이다. 왜냐하면 리더의 신념과 확신은 궁극적으로 구성원들에게 전이되고 전염되기 때문이다.

리더의 설득스피치는 단순한 스킬이나 가벼운 화술로 가능한 것이 아니다. 구성원의 삶을 변화시키겠다는 위대한 사명으로 전심을 다했을 때 가능한 것이다. 최고의 연설가였지만 인류를 말로 다 할 수 없는 고통의 수렁으로 몰아간 최악의 리더인 히틀러와 같은 사람이 될 것인지, 아니면 사람들의 영혼을 깨우고 삶을 열정으로 인도하는 히어로가 될 것인가는 리더의 분명한 사랑과 사명에서 비롯되는 것이라고 할 수 있다.

놀라운 연설가였던 히틀러는 현란한 언변과 탁월한 쇼맨십으로 대중을 단번에 사로 잡았다. 하지만 그에게는 매우 위험한 신념이 자리 잡고 있었고, 상식과 보편성이 상실된 매우 왜곡된 편협함이 자리하고 있었다. 특히 유태인에 대한 극단적인 증오심과 장애인을 혐오하는 인종주의자로 인류역사상 유래가 없는 600만 명 이상의 선량한 시민들을 학살하였다.

제2차 세계대전을 일으키며 유럽을 공포로 몰고 간 그를 독일인들은 가장 혐오스런 독재자로 기억하고 있다. 그러나 과거 독일의 영상기록물에는 어린 아이에서부터 여성, 청소년, 청·장년에 이르기까지 수백만의 군중들이 히틀러의 놀라운 스피치에 열광과 찬사를 보내는 장면들이 등장한다. 그의 연설장은 소위 열광의 도가니가 되었던 것이다.

도대체 어떻게 이것이 가능했던 것일까? 히틀러는 인간의 심리에 주목하며, 그들을 선동하고 마음을 움직이기 위해 언어 이외의 다양한 비언어적 요소들을 적극 활용하였다고 한다. 우선 수많은 사람들을 모아 놓고 행해지는 히틀러의 연설은 주로 오전 시간대보다는 저녁시간에 이루어졌다. 이는 대중의 판단력과 비판력이 활발하게 움직이는 오전 시간보다는 저녁 시간을 활용함으로써 히틀러의 연설을 무비판적으로 수용하게 하려는 취지라고 볼 수 있다.

또한 히틀러는 그의 연설에서 기독교적인 표현들을 자주 사용하였다. 특히 요한복음에 등장하는 어구들을 연설에 사용함으로써 독일인의 종교적 믿음과 신앙심에 호소하였다. 이 역시 대중의 이성과 합리성보다는 감정과 정서를 자극하여 집회 참가자들 모두에게 영혼과 믿음의 공동체라는 환상을 일으키게 하였다. 즉, 하나님과 사명 등 성경적인 표현들을 연설중간에 여러 번 반복적으로 사용함으로써 대중의 무의식을 사로잡은 것이다.

종교적인 표현과 성서적인 용어들의 특징은 대중의 감정에 효과적으로 스며들어 그들을 하나의 공동체로 만든다는 것이다. 히틀러는 이러한 종교언어의 특성을 간파하고 이를 연설에 도입할 뿐만 아니라 종교언어가 지니는 다양성과 개방성을 이용해 국가사회주의 이데올로기를 성서적 표현과 결합시키는 전략을 취한 것이다.

거대한 군중 속에서 생성되는 격렬한 감정의 소용돌이는 개인의 이성적인 판단을 저해하고, 사고와 감정을 오로지 한 방향으로 향하게 하였다. 히틀러는 이것을 영혼 공동체라고 불렀다. 군중 속에서 개인의 주체성과 이성적 판단능력을 상실케 하고, 그 동안 억눌

려왔던 영적 영역의 무의식적 요소를 최고조에 이르게 한 것이다.

사실 일반대중들은 신의 인정과 숭배와는 상관없이 기본적으로 종교적인 감정을 갖고 있다. 즉, 인간은 신을 섬길 때에만 종교적이 되는 것이 아니라 자신의 정신적 능력을 다하고 열정을 보이며, 자신의 생각과 행동의 목표가 되는 어떤 대상이나 인물에 무조건적으로 봉사하고 희생하는 것 역시 종교적이라고 볼 수 있다.

히틀러는 정치가의 화법이 아닌 종교가의 수사법을 자주 사용하였다. 그는 마치 한 국가의 종교지도자가 기도하듯 종교적인 언어를 연설문에 차용하였다.

> "하나님, 우리가 당신을 떠나지 않게 해주세요. 자유를 위한 우리의 투쟁을 축복해 주시고, 우리의 민족과 우리의 조국을 축복해 주소서!"

두 손을 높이 들고 외치는 히틀러의 연설은 흡사 성직자가 성도들을 위해 부르짖는 기도와 같았다. 그의 부르짖음에 민족적 공동체로 결합한 독일 대중들은 믿음공동체로 거듭났던 것이다.

히틀러의 역동적인 연설에는 단순히 말뿐만 아니라 얼굴표정과 손동작 등 비언어적 요소들도 중요한 역할을 하였다. 히틀러는 연설의 비언어적 요소라 할 제스처에도 남다른 노력을 기울였는데, 당시 오페라 가수였던 데프린트의 강의를 듣고 이를 자신의 연설에 응용했다고 한다.

가령 연설을 하기 전 히틀러가 보여주는 기본적인 제스처는 긴장을 푸는 자세이다. 무릎은 쭉 펴고 두 발은 살짝 벌리며, 마치 어깨에 편안하게 걸치듯 두 팔은 아래로 가볍게 내린다. 두 손은 앞으로 모으고, 목덜미는 앞을 향하되 머리는 결코 아래로 떨구지 않는다. 쭉 편 무릎은 단호함과 불굴의 의지를 나타내고, 편안한 자세의 어깨는 그가 대중 앞에서 긴장하지 않음을 보여 주었으며, 동시에 어떠한 어려움 없이 연설의 분위기를 장악하고 있음을 나타내었다. 머리는 결코 대중 앞에서 떨구지 않으면서 앞으로 내밀고 있어 대중과의 친밀감을 나타내었고, 다른 한편으로 압도적 우월감을 연출하여 연단 아래에 있는 대중으로 하여금 숭배와 경외심을 일으켰다.

대중의 심리와 속성을 누구보다 잘 연구하고 알고 있었던 히틀러는 전대미문의 탁월한 연설들을 만들어 내며 12년간 나치 왕국을 누렸다. 하지만 그와 나치정권이 일으킨 만행들은 인류를 경악시켰다. 한 나라의 지도자이자 리더가 잘못된 이념과 가치관으로 군중을 선동했을 때 그것이 초래한 결과는 얼마나 참혹한지, 그리고 그 군중을 미혹한 연설은 얼마나 위험한지 분명히 알고 기억해야 한다. 히틀러가 될 것인가? 히어로가 될 것인가? 모든 것은 리더의 진정한 사명과 인간에 대한 사랑에서 시작되어야 하는 것이다.

> '리더십은 하나의 비전과 결합할 때 시작된다.'
>
> - 존 E. 하가이

04

 ## 예수와 부처를 벤치마킹하라

성경과 불경을 통해 우리가 알 수 있는 사실은 예수와 부처는 최고의 연설가이자 설득의 대가였다는 것이다. 불특정한 다수를 상대로, 그것도 정말 열악한 환경임에도 불구하고 구원의 복음과 생의 깨달음을 온전히 전한다는 것은 결코 쉽지 않았을 것이다. 우선 마이크가 없던 시대이다 보니 정확한 소리와 내용의 전달이 쉽지 않았을 것이고, 무엇보다 청중들의 산만함과 웅성거림은 연설을 매우 어렵게 하였을 것이다.

그럼, 과연 어떻게 이런 환경적인 어려움들을 극복하며 많은 이들의 집중과 몰입을 끌어낼 수 있었을까? 추측하건데 메시지의 간결함과 흥미로움에 그 이유가 있었다고 본다. 즉, 누구라도 쉽게 이해할 수 있는 친근한 단어들과 용어 그리고 재미있는 예시와 예화를 활용한 것이다.

결코 가르치거나 훈계하는 말투, 고리타분하고 지루한 방식을 피하고 세 살짜리 어린아이도 알아들을 수 있는 재미와 흥미로운 표현들을 사용하였으리라 본다.

지금까지 많은 학자들의 연구에 의하면, 부처는 설법을 할 때 좌중에서 웃음이 끊이지 않았다고 한다. 매우 유쾌한 사람이었다는 것이다. 예수 또한 유머감각이 탁월했다고 하는데, 예수의 스피치를 오랫동안 연구한 팔머 목사는 〈예수님의 유머〉라는 책을 통해 그는 재치가 넘치는 탁월한 유머감각의 소유자임을 증명하였다.

유머란 일종의 역발상 혹은 반전을 의미한다. 가령 고통과 고난을 감사와 기쁨으로 생각하며 대접받고자 한다면 대접하고 원수를 더욱 사랑하라는 표현들은 도저히 이해하기 힘든 굉장히 낯설고 역설적인 표현들이기 때문이다.

예나 지금이나 서민들의 삶은 팍팍하다. 그런데 구원자라고 오신 분이 너무도 거룩하고 너무도 진지하게 딱딱하게만 말한다면, 그렇지 않아도 사는 것 자체가 힘든데 묵묵히 듣고 있기가 매우 힘들었을 것이다.

그래서 예수와 부처는 다양한 반전과 역설이 있는 유머러스한 모습으로 고생하는 많은 이들을 위로함과 동시에 즐거움을 주고자 하였을 것이다. 청중들의 답답함과 갈증을 시원하게 풀어내는 데 유머는 매우 귀중한 도구가 되었다.

사실 썰렁하고 어렵고 딱딱한 스피치를 5분 이상 듣기는 여간해선 쉽지 않다. 성경에 의하면, 예수는 벳새다 광야에서 사람들을 모아 놓고 하루 종일 해가 지도록 이야기했다고 하니, 얼마나 유쾌하고 재미가 있었는지 정말 놀라지 않을 수 없다. 군중들의 이런 집중이 가능했던 단 하나의 이유가 있다면, 바로 그들의 일상적 언어로 이야기하고 흥미진진한 예화가 재미있게 계속해서 이어졌기 때문이다.

'귀 있는 자는 들어라.'
'좁은 문으로 들어가라.'(예수)
'나를 만든 건 나다.'
'마음이 모든 것이다.'(부처)

사실 예수님 그리고 부처님과 같이 위대한 연설가의 핵심은 바로 누구라도 무릎을 치게 만드는 은유와 예시의 능력에 있다고 할 수 있다. 왜냐하면 위대한 영성이란 어렵게만 느껴지는 무거운 거룩함이 아니라 쉽고 단순한 진리에 있기 때문이다.

'교만이란 마치 하나님의 선물이 자기 것인 체 살아가는 오만이다.'

- G.K 체스터톤

05

 ## 반복만이 신의 경지에 이른다

반복은 설득스피치뿐만 아니라 성공적인 삶을 위해서라도 매우 중요한 태도라고 할 수 있다. 그래서 리더로서 탁월한 설득을 위해서는 지속적인 반복과 훈련이 중요하다.

피겨여왕 김연아는 한 번의 완벽한 점프를 완성하기 위해 약 3천 번의 엉덩방아를 각오했다. 머리로 기억하는 것이 아니라 몸이 기억하게 만드는 것이다.

탁월한 설득스피치를 위해 리더로서 해야 할 첫 번째 과제는 끊임없는 반복인데, 인문학적으로 표현하자면 '자기 파괴적 반복'을 지속하는 것이다.

자기 파괴적 반복이란 단순히 과거에 했던 그대로의 반복이 아니라 현재의 나를 부정하고 끊임없이 자신의 한계에 도전하는 것이다. 즉, 냉정히 자신의 모든 것을 내려놓고 스스로의 한계와 계속해서 부딪히다 보면 자신만이 인정할 수 있는 '자기성장'을 해낼 수 있다는 것이다.

스위스의 유명한 피아니스트 지그문트 탈베르크는 세계적인 명성을 얻고도 매일매일의 연습을 결코 게을리하지 않았다고 한다.

어느 날 큰 음악회가 개최되는데, 그에게도 출연해 달라는 요청이 들어왔다.

"음악회 개최일이 언제입니까?"

"다음 달 1일입니다."

"그렇다면 저는 거절하겠습니다. 아무래도 그때까지는 연습을 마칠 수 없습니다."

"연습이요? 선생님께서도 연습을 하십니까?"

"이번에도 신곡을 연주하려고 생각하기 때문이지요."

"그래도 3일 정도면 연습을 할 수 있지 않겠어요? 많은 음악가를 알고 있지만, 한 번 하는 연주에 4일 이상 연습하는 사람은 없는 것 같은데, 하물며 선생님 같은 대가는 연습이 필요 없지 않겠어요?"

그러자 그는 정색하며 말했다.

"저는 신작발표회를 가지려면 적어도 1,500회의 연습을 하지 않으면 출연하지 않는 것을 원칙으로 합니다. 하루에 50회씩 연습하면 1개월은 걸리겠지요. 그때까지 기다려 주신다면 출연하겠습니다. 연습할 시간이 없으면 절대 출연할 수 없습니다."

탁월한 리더라면 조금은 우직하게 자신이 정한 반복의 목표와
원칙에 충실할 필요가 있다. 그것이 어떤 이에게는 비효율적이고
비현실적이라 하더라도 정직하게 수행하면 반드시 성장과 성과로
서 돌아올 것이다. 노력은 결코 배신하지 않기 때문이다.

'끊임없이 노력하라. 체력이나 지능이 아니라 노력이야말로
잠재력의 자물쇠를 푸는 열쇠다.'

– 윈스턴 처칠